DIEU ÉTAIT EN VACANCES

JULIA WALLACH
avec PAULINE GUÉNA

DIEU ÉTAIT EN VACANCES

BERNARD GRASSET
PARIS

Bande : Collection privée.

ISBN 978-2-246-82876-1

J'ai l'impression d'être née millionnaire alors qu'on n'a jamais eu grand-chose, sauf l'amour. Je n'ai pas fait d'études, à 20 ans je n'avais pas de métier, je ne savais rien, sauf qu'il fallait tâcher d'être heureux. Mes parents m'ont transmis le talent du bonheur. Grandir entre des gens qui s'aiment, ça donne le goût de la joie. Marie et Joseph. C'étaient leurs noms, j'aurais dû m'appeler Jésus mais ils m'ont nommée Julia, comme la grand-mère de mon père qui était si gentille, paraît-il. Marie et Joseph sont morts tous les deux à Auschwitz à onze mois d'écart, sans jamais s'être revus.

Ce récit, je ne sais par quel bout le prendre. Je voudrais pouvoir vous balancer d'un coup ma déportation puis on parlerait de choses plus agréables, mais je n'y arrive pas. Mes souvenirs d'enfance me précipitent tout droit dans la bouche des camps où mes parents ont été assassinés. Je ne peux pas penser à ma mère qui chante un opéra en yiddish en cuisinant dans notre petit appartement sans revoir aussi les policiers qui l'emmènent, et elle qui les supplie de m'épargner. Je ne peux pas raconter nos promenades sur les grands boulevards et nos sorties au cinéma sans qu'aussitôt j'apparaisse, marchant à sa suite dans notre rue où les voisins nous regardent passer sans émotion, et même avec satisfaction, entre les policiers, je me vois derrière elle essayant de ne pas pleurer, jusqu'à l'école primaire de l'avenue Parmentier où on l'a d'abord enfermée avant de la conduire à Drancy et, de là, à Auschwitz. Je ne peux pas raviver en moi la haute et élégante silhouette de mon père, ses sourcils froncés alors qu'il parcourt le journal, sans l'apercevoir, hagard, déplacer une pierre trop lourde sur un chantier du camp, cherchant timidement du regard autour de lui, espérant revoir sa femme, l'amour de sa vie.

Mes souvenirs du camp, eux-mêmes, s'estompent parfois. Je vieillis. Les noms disparaissent. Il y en a que je connaissais encore la veille et qui me restent aujourd'hui sur le bout de la langue : je les cherche, ils ne reviennent pas. Le prénom d'un ami. Le nom de famille de celui qui m'a sauvée. Il y a des jours où tout s'efface.

Mais pas la perte. Ni la colère.

La joie non plus, heureusement, et j'en ai eu de grandes. Je les chéris. La naissance de mes enfants – quelle victoire d'avoir eu des enfants. Mon mari, Marcel (on le surnommait carotte, *caroub*, en yiddish), qui fait sauter notre fille sur ses genoux en chantonnant « Myriam ma belle, tu l'aimes ton papa ? » et elle qui rit, son rire en cascade de bébé confiant.

Le jour de la naissance de ma première petite-fille, j'ai repensé à toutes ces femmes du camp, à leurs enfants assassinés, à tous ces petits jamais nés, fantômes de ce qui aurait pu être et ne sera pas. Ma première petite-fille, comme tous les enfants des survivants, je crois qu'elle porte ce poids en elle. Ce souffle aussi. Nos enfants sont chargés de ces vies qui n'ont pas été vécues.

Mes parents étaient deux amoureux de Varsovie qui n'ont jamais cessé de s'aimer. Mon père avait quitté la Pologne pour des raisons politiques. Deux de ses frères aînés avaient été emprisonnés pour leurs opinions et il s'était exilé. Il laissait derrière lui sa mère, un frère et une sœur. Et sa fiancée, qu'il avait promis de faire venir au plus vite.

À Varsovie, il travaillait le cuir et c'est ce qu'il avait continué à faire à Paris. En 1936, la crise avait durci les conditions de travail pour les étrangers, ce qui l'avait contraint à se mettre à son compte. Il avait transformé une pièce de la maison en atelier, s'était associé avec un cousin et s'était fait maroquinier de luxe à domicile. Il fabriquait des sacs et des pochettes que ma mère vendait au porte-à-porte.

Mon père était passionné de politique. Il lisait la presse tous les jours et commentait l'actualité en yiddish, il collectionnait les journaux sur la révolution russe. Le week-end, il invitait parfois des amis, soi-disant pour jouer aux cartes. Tous s'installaient dans l'atelier, fumaient et parlaient politique. Ils étaient de gauche mais ils trouvaient encore le moyen de se disputer et on entendait des éclats de voix depuis la pièce du fond. Ma mère n'aimait pas ça. Elle allait voir les hommes et les suppliait de se taire. « Monsieur Ruth, disait-elle au meilleur copain de mon père, restez tranquille parce que nous on doit travailler. » Elle savait que, pour un juif étranger, la France des années trente ne serait pas une promenade de santé. Elle aurait préféré qu'on ne se fasse pas trop remarquer.

Mais mon père, lui, croyait en la devise. Liberté, Égalité, Fraternité. Il avait foi dans ces trois mots, quel que soit leur ordre. Parce qu'il aimait ma mère, il baissait la voix et, pendant un moment, ils continuaient à discuter en chuchotant et puis, évidemment, il y en avait un qui s'énervait et ils recommençaient à crier, jusqu'à ce que ma mère revienne.

« Elle est pas commode, Joseph, ta femme », plaisantaient les autres.

Mon père n'a jamais vraiment appris le français. Il était arrivé trop tard et il disait en plaisantant que c'était de ma faute, à moi sa fille unique : il prenait tellement plaisir à me parler yiddish qu'il n'avait pas le temps d'apprendre une nouvelle langue. Ça le faisait rire, il racontait ça aux gens avec son accent et ses fautes de grammaire.

Ma mère, elle, était la onzième d'une famille de douze enfants. Elle avait quelques années de moins que mon père mais elle lui avait donné son cœur, et rien ne pouvait arrêter cette femme quand elle avait une idée en tête. Ses parents auraient rêvé d'un meilleur parti pour leur fille, qui était très belle. Sur les photos que j'ai gardées d'elle, on voit, même en noir et blanc, l'extraordinaire couleur de ses yeux, très clairs, qui paraissent presque transparents. Elle avait de longs cheveux épais et ondulés, d'un blond foncé. Quand j'étais petite, elle m'apprenait à me servir de son fer à friser avec du papier journal pour protéger mes cheveux. Elle ne savait ni lire ni écrire – mon père lui avait enseigné comment signer de son nom – mais elle chantait. Elle était soprano et connaissait des airs d'opéra. Je les ai oubliés à présent. Je me souviens d'un ou deux mots, *Lieber Paillasse*, pauvre Paillasse je crois. Je ne sais plus. Elle était pleine de joie et elle en emplissait la maison.

Quand mon père avait fui Varsovie pour la France au début des années vingt, elle avait pris peur. Craignant de le perdre, qu'il l'oublie pour une jolie Parisienne, qu'il ne vienne pas la chercher malgré ses promesses, elle avait tenté seule le voyage. Elle avait beau rire tout le jour, elle était remarquablement têtue. À Strasbourg, elle avait été arrêtée par la police et fichée comme étrangère sans papiers.

Toute mon enfance, j'ai entendu mes parents se disputer à ce sujet. C'était d'ailleurs leur seul motif de discorde. Chaque fois qu'il fallait faire renouveler les documents de ma mère à la préfecture, mon père se lamentait. Pourquoi, mais pourquoi n'avait-elle pas attendu qu'il la fasse venir avec des papiers en règle ? Il craignait de ne jamais pouvoir devenir français à cause de cela.

« Et alors ? demandait ma mère. Qu'est-ce que tu aurais de plus si tu étais français ?

— De plus, je ne sais pas, disait mon père d'un air chagrin. Ça serait autre chose. » Alors ma mère criait, ou pleurait. Ça chauffait. Mon père finissait toujours par la consoler. Et trois mois après, ça recommençait. Ma mère avait une carte d'étranger sans autorisation de travail. Ce seront les premiers juifs recensés.

Je suis née à l'hôpital dans le 12e arrondissement, en 1925. Mes parents étaient installés sur les hauteurs de Ménilmontant, rue Henri-Chevreau, où j'ai passé les dix premières années de ma vie. J'ai fait mes premiers pas dans les ruelles pentues de ce quartier où les enfants vivaient dehors tout le jour et parfois le soir. Des bandes de gamins dévalaient les trottoirs en liberté, des fleurs poussaient l'été entre les pavés, l'hiver on sautait par-dessus les flaques de boue, les garçons portaient des casquettes et les filles des jupes courtes.

Comme les appartements étaient petits et souvent insalubres, dès que les jours s'allongeaient, les adultes tiraient une chaise devant la porte et c'est toute la rue qui se retrouvait là. J'adorais Ménilmontant.

Je suis restée enfant unique. Je ne sais pas si mes parents en auraient voulu d'autres mais pour moi, ma famille était parfaite ainsi. Il y avait eux, il y avait moi, nous trois, mon monde. Je n'avais besoin de rien d'autre. Mes parents n'avaient que moi et je n'avais qu'eux.

Dans un cercle plus large, on pouvait compter sur la nombreuse famille de ma mère, dont plusieurs frères et sœurs avaient émigré à Paris. J'avais une ribambelle de cousines et cousins de tous les âges. Mes préférés, c'étaient Jacques et ses sœurs, les enfants de la plus gentille de mes tantes, qui habitaient tout près de chez nous, rue du Faubourg-du-Temple. Jacques avait huit ans de plus que moi. C'était un géant, à l'adolescence il mesurait presque deux mètres. Quand il était arrivé en France, il était vêtu à la mode polonaise, avec des pantalons de golf un peu serrés et une grosse casquette. Il avait une drôle d'allure, avec ses oreilles en chou-fleur. Ses deux petites sœurs, Fernande et Hélène, avaient des cheveux si joliment tressés. Fernande n'avait que six mois de plus que moi, je l'aimais beaucoup.

Nous n'avions pas de radio. Le soir, ma mère chantait, mon père lisait les journaux et les commentait. Parfois, mes oncles et tantes venaient nous rendre visite, ils sortaient les violons. L'un d'entre eux avait une belle voix d'alto qui se mêlait au soprano de ma mère. J'ai grandi baignée dans l'amour et la musique.

Pourtant, ma mère avait le mal du pays. Ses frères et sœurs restés à Varsovie lui manquaient, surtout ses nièces et ses neveux. Quand j'ai eu 3 ans, mon père lui a offert un voyage en Pologne et elle m'a emmenée. Je me souviens d'un vieillard à la longue barbe blanche mousseuse dans laquelle je laissais mes doigts s'égarer. Un jour sa barbe a gelé et il s'est servi du thé bouillant du samovar pour faire fondre les glaçons.

J'avais beau avoir des parents étrangers, j'étais plus gâtée que bien de mes amies. On m'emmenait au cinéma et au spectacle, j'ai vu des ballets et même, une fois, un opéra au Châtelet. Ma mère avait un tempérament d'artiste, elle avait le cinéma dans la peau. On y allait souvent toutes les deux ou avec mon père, sur les grands boulevards, à Pigalle ou Opéra. Elle connaissait tous les acteurs. Lors de la sortie du film parlant *Le Chanteur de jazz*, avec Al Jolson, elle a voulu être la première. Mon père est allé acheter les tickets. Je ne sais plus si c'était métro Anvers, ou dans une des grandes salles du boulevard des Italiens. Je devais avoir 4 ou 5 ans. Quand mon père a vu le prix des places, la tête lui a tourné. Il est ressorti. C'était beaucoup plus cher que les muets qu'on voyait d'habitude. « Mariem, c'est trop. » Déçue, ma mère s'est mise à pleurer, alors il a cédé. Il ne pouvait rien lui refuser. Ce n'est pas qu'elle était capricieuse, mais une forme de pessimisme lui faisait penser que tout tournerait peut-être mal, alors elle préférait vivre et être heureuse que se lamenter.

Quand elle était vraiment fâchée, ma mère me disait : « Le jour de ma mort, occupe-toi de mon enterrement parce que lui, il se contentera de me foutre dans un trou. »

Heureusement, elle était rarement de mauvaise humeur.

Elle est morte avant lui, mais elle n'a pas eu d'enterrement, pas même un simple trou.

On nous a appelés le convoi 55.

Parmi nous, il y avait beaucoup de jeunes enfants et d'adolescents comme moi, qui étais sur le point de fêter mes 18 ans. Des gens célèbres comme des anonymes, des croyants et des non-pratiquants. Nous sommes partis de Drancy dans des wagons à bestiaux le 23 juin 1943. Combien de temps a duré ce voyage, deux ou trois jours, peut-être davantage, je ne sais plus. On nous a laissés emporter quelques affaires dans un baluchon. Tout le monde sait aujourd'hui qu'elles ne nous ont servi à rien mais à ce moment-là, serrés les uns contre les autres, nous nous y sommes accrochés car c'est tout ce qui nous restait.

Quand on est montés dans le train, mon père m'a dit : « N'oublie pas où tu as caché l'argenterie, *Fargesn nisht*. Quand tu reviendras, tu en auras besoin. »

Nous étions 1002. En 1945, 115 d'entre nous sont revenus.

Il y a eu des arrêts, je les connais aujourd'hui par mes lectures mais alors je ne pensais pas à essayer de m'en souvenir, de ces gares, Noisy-le-Sec, Épernay, Châlons, Bar-le-Duc. Puis ce fut l'Allemagne, Sarrebruck, Francfort, Dresde. Et puis la Pologne, Katowice. Auschwitz. Je sais qu'on avait chaud. Et soif. Mais ce qui a suivi a balayé pour moi le souvenir de ce voyage, a balayé même les images de Drancy où je venais de passer deux mois. Ce qui a suivi est un grand trou noir dans lequel ma vie tout entière a été précipitée. Un choc si violent qu'il a tout effacé.

Quand on parlait, à bord du train, c'était pour se demander où on allait. Des gens disaient *Pitchipoï*, une expression yiddish qui veut dire quelque part et nulle part à la fois. Il y en a qui se taisaient, ils prévoyaient le pire mais le gardaient pour eux. À un arrêt, une femme dans un wagon voisin s'est mise à hurler qu'on allait tous nous tuer. On a entendu sa voix aiguë et folle le répéter encore et encore. C'était insupportable, on voulait qu'elle se taise. Puis il y a eu le claquement d'un coup de fusil. Et le silence. Un soldat sur le quai venait de lui tirer une balle dans la tête.

Personne n'a rien dit.

Curieusement, j'ai été soulagée de ne plus entendre ses cris.

Elle était peut-être folle, mais elle avait raison. Pourtant, même là, nous n'y avons pas cru.

Mon père était cultivé et parlait couramment polonais, russe et yiddish. Il se faisait une fierté de ne jamais mettre les pieds dans une synagogue. Ma mère s'y rendait une fois par an pour Kippour, rue Pavée, sans lui. Même pour le mariage de son neveu en 1941, il est resté dehors malgré le scandale familial qu'il a provoqué. Mon père était un socialiste convaincu, un bundiste. Il avait défilé pour le Front populaire et s'était battu contre les gardes mobiles.

Ma mère voulait qu'on quitte Ménilmontant, elle craignait que je tourne mal dans ce quartier. Elle prétendait que j'allais devenir un voyou, comme tous ces gamins qui traînaient sans surveillance. Alors elle a cherché un appartement et nous avons déménagé dans le 11e, rue de Nemours, quand j'ai eu 10 ans. Qu'est-ce que j'ai pu pleurer. Les rues étaient vides. Pas d'enfants sur les trottoirs. Pas de dessins à la craie devant la porte. Pas de cavalcades ni de fous rires. Ma mère me disait : « Tu vas t'habituer », mais cela a pris du temps. Je passais des heures à regarder par la fenêtre la petite rue étroite et triste. Je ne savais pas que j'y ferais ma vie.

C'était un appartement au deuxième étage, avec un parquet aux lattes sombres, quatre pièces autour d'un couloir, des fenêtres qui donnaient sur la rue où l'on distinguait au coin la devanture rouge d'un bougnat, un Auvergnat qui tenait un petit café et qui vendait du charbon. Il s'appelait Monsieur Bilot. Son frère, policier, était marié avec la blanchisseuse d'en face. Nous avions des voisins comme il faut, des petits commerçants, des artisans, des travailleurs. Ma mère était heureuse, elle saluait poliment les gens qui allaient bientôt la dénoncer. Fille d'un poissonnier, elle cuisinait en chantant des colinots farcis dont je me souviens encore.

L'odeur de sa cuisine embaumait l'immeuble. Nous n'avions pas de baignoire mais un tub, comme on disait, une grande bassine en fer. Tous les samedis, j'y passais pour un bain complet. Oh ce que je pouvais détester ça.

L'appartement sentait le cuir. Dans un cagibi, mon père entreposait ses peaux et il les travaillait dans la pièce voisine. Cette odeur, j'imagine qu'elle imprégnait nos vêtements, nos cheveux. C'était l'odeur de la maison. L'odeur de mes parents.

Ma mère était très tête en l'air, au point qu'il était obligé de cacher ses papiers pour qu'elle ne les perde pas. Mais elle continuait de tout oublier, abandonnant son portefeuille dans des endroits improbables. Alors il lui avait fabriqué un sac avec une pochette intérieure retenue par une cordelette de métal. Ce sac avait connu un tel succès que ma mère parcourait Paris pour le porter aux clientes qui le lui commandaient à leur tour.

Très jeune, j'ai joué un rôle important auprès d'eux, comme tous les enfants d'immigrés je crois ; j'étais leur interprète et leur avocate auprès de l'administration, de la police, et de n'importe qui d'ailleurs. Au cours des années trente, les lois sont devenues de plus en plus restrictives. Pour renouveler les papiers, on faisait des heures de queue sur l'île de la Cité, ballottés de bureau en bureau. Il fallait plaider, négocier, attendre, recommencer. Dès l'âge de 12 ans, j'ai commencé à y accompagner ma mère. Elle me faisait sécher l'école, en cachette de mon père, pour que je vienne avec elle. Elle parlait bien français, c'est moi qui le lui avais enseigné, mais elle avait un accent. Elle riait en butant sur les prononciations : elle disait *vite* au lieu de huit, *che* au lieu de je. Alors elle m'emmenait, moi sa fille française – j'avais été naturalisée à l'âge de 2 ans, en 1927 –, et je parlais pour elle. Elle voulait faire bonne impression, et elle était très fière de moi. Elle essayait de les amadouer. Comme elle était humble devant eux. Les fonctionnaires traitaient mal les étrangers – je crois que ça n'a pas beaucoup changé, du reste. Ma mère, de peur qu'on la renvoie, était prête à tout accepter. On lui faisait faire des photos de face, de profil, qui me rappelaient les gangsters dans les films. Ce que ça fait, au cœur d'un enfant, de voir son parent humilié. Alors je les engueulais – ou en tout cas je rêve de l'avoir fait –, je tentais de la défendre quand on la rabaissait. « Qu'est-ce que t'as à parler pour ta mère ? Elle peut pas répondre toute seule ? » me demandait-on. Je les affrontais comme je pouvais, mais ils étaient durs. La prolongation de sa carte, c'était toujours une histoire.

Le poids de la peur que j'avais pour mes parents ne m'a quittée qu'à leur mort.

Ma mère se languissait de la Pologne et de sa famille mais mon père, lui, ne voulait pas y remettre les pieds. Devant mes questions insistantes, il répondait : « Je ne suis pas polonais. Quand tu connaîtras des Polonais, tu sauras qu'un juif ne peut pas être polonais. » En 1938, mes parents ont acheté la TSF. Nous avons commencé à suivre, soir après soir, l'avancée des Allemands à travers la Pologne.

Ma grand-mère paternelle, que je n'ai jamais rencontrée, fabriquait des parapluies. Chaque juif qui arrivait à Paris depuis Varsovie était chargé d'un parapluie pour moi – ou d'une ombrelle pour l'été. C'était la seule chose que j'avais d'elle, ces parapluies qui traversaient l'Europe, leur toile noire et huileuse bien tendue sur les baleines, sur laquelle perlaient joliment les gouttes d'eau parisiennes.

Je suis la seule survivante du côté de mon père.

Le 3 septembre, la guerre est déclarée.

Un soir d'octobre, en sortant à 4 heures de l'école avec Odette, ma meilleure amie, je trouve ma mère effondrée : mon père est mobilisé. Nous passons la soirée à pleurer mais mon père est résolu : il ne compte pas se dérober à son devoir, il se battra pour sa patrie d'adoption.

Le lendemain, Monsieur Erb, le père d'Odette, frappe à la porte. C'était un Français de droite, un Croix de feu – un patriote comme il se définissait. Nous nous étions rencontrées en cours de couture où Odette, qui était très habile, me faisait mes ourlets. Je détestais la couture. J'étais brouillon, ça m'énervait vite. Quand je pense que, plus tard, je suis devenue couturière. Ce que c'est que la vie.

La première fois que j'étais rentrée de chez elle, j'avais raconté à mon père qu'il y avait un portrait du colonel de La Rocque dans le salon et il m'avait interdit d'y retourner. Le père d'Odette était pourtant un homme bien. Il s'était attaché à moi, et il avait décidé d'aider ma famille. Faisant valoir que mon père n'était plus tout jeune, et qu'il était soutien de famille, il a réussi à retarder de presque huit mois son départ en faisant jouer ses relations.

Nous savions que les nuages s'amoncelaient mais ma mère continuait de rire et de chanter. Sa joie de vivre n'était pas de l'inconscience, mais une façon d'être, un humour mêlé de tristesse, une forme de courage. Elle voulait savourer la vie jusqu'au bout.

Un jour, un représentant d'aspirateurs frappe à la porte, elle le fait entrer et s'émerveille aussitôt de cette nouvelle technologie. Elle se tourne vers moi, avec son grand sourire et ses yeux clairs plissés de malice et me dit :

« Chiche que j'en achète un. » Je n'avais pas 15 ans mais j'étais plus sérieuse qu'elle. On est toujours un peu plus grave quand on se sent porter le poids de ses parents. Je réponds : « Maman, c'est la guerre, on ne va pas dépenser nos sous pour ça. » Et elle me lance : « Je n'ai pas le droit de me faire plaisir, peut-être ? »

Elle va chercher mon père dans son atelier et dit qu'elle veut cet aspirateur. Mon père enlève ses lunettes et se frotte les yeux. « Mariem, aimée, les Allemands menacent la Belgique. Demain, ils seront à Paris. Et tu me parles d'aspirateur ? »

Mais il n'arrivait jamais à lui dire non. Elle a eu son aspirateur – une rareté à l'époque. Tout le quartier en parlait. Une de mes tantes m'a même demandé de le lui apporter pour qu'elle le voie de près. Celle-là, je ne l'aimais pas beaucoup, je lui ai dit qu'elle n'avait qu'à se déplacer. Et c'est ce qu'elle a fait.

Mes parents avaient raison tous les deux, ma mère de vouloir profiter de la vie, mon père de penser que les Allemands seraient bientôt à Paris. Mon père a été appelé quelques jours plus tard, en mai 1940. Il a été incorporé dans la défense contre les avions (DCA), alors qu'il avait une cataracte, le pauvre homme. Il aurait confondu un oiseau et un avion. À son départ, on a acheté un dernier poulet, vivant. On l'a mis dans les toilettes avec des grains, en prévision d'un repas qu'on ferait à son retour. Il y avait déjà des restrictions, il valait mieux être prévoyants. Quand il est parti, il nous a dit : « Ne vendez pas les peaux. » C'était toute notre fortune. Ça et les pièces d'or que ma mère cachait un peu partout pour les mauvais jours. Je me souviens qu'à cette époque, il nous restait des cuirs blancs. Les sacs blancs, c'étaient des articles de saison, on ne les vendait qu'au début du printemps. Il n'y avait pas de soldes à l'époque, les invendus partaient ensuite dans les colonies où ils étaient écoulés. Sur les instructions de ma mère, je les ai portés chez un de ses riches clients, qui a accepté de nous les garder.

Quelques semaines après, la France avait déjà perdu la guerre et mon père était démobilisé du côté de Rochefort.

On se disait, c'est au bord de la mer, Rochefort. Je parie que quand le temps est clair, on peut voir l'Angleterre. Avec ma mère, on regardait la carte en se disant qu'il avait dû embarquer. Je rêvais le soir en m'endormant qu'il nous ferait bientôt venir.

Lorsque les portes du wagon se sont ouvertes, on a entendu les aboiements des chiens et on est descendus sur la rampe, le wagon était haut, les enfants et les personnes âgées avaient du mal. Des soldats allemands distribuaient des coups et criaient des ordres. Quand on parle yiddish, on peut comprendre l'allemand. C'était un avantage, pour survivre, de deviner ce qu'ils voulaient.

Des hommes en uniforme rayé ramassaient les bagages, ou le corps de ceux qui avaient succombé pendant le trajet. Ils ne nous regardaient pas, ils rassemblaient nos affaires dans un coin, fuyants, étranges.

Il y a toujours un facteur chance dans la vie. L'homme en tenue rayée qui se tenait près de notre wagon m'a entendue parler français à mon père, alors que je l'aidais à descendre sur la rampe. Il nous a regardés et il m'a dit : « Si tu veux que ton père vive, le laisse pas monter dans les camions. » Puis il a repris son travail et n'a plus relevé la tête.

Mon père était épuisé. Les soldats allemands criaient, nous bousculaient, nous poussaient d'un côté ou de l'autre, nous frappaient, on était désorientés. Les gens fatigués, les vieux, les femmes avec des petits enfants étaient rassemblés d'un côté, on les poussait dans des camions garés au bout du quai.

J'ai retenu mon père qui rejoignait cette file. « Je suis fatigué, *takhterle.* » C'est comme ça qu'il m'appelait, *takhterle*. Ma fille, ma fille chérie, ma petite fille.

Je me suis fâchée. « Ne monte pas, marche avec moi. Il faut l'écouter. » J'ai montré l'homme en tenue rayée qui continuait à s'affairer près des ballots, mon père a regardé sa nuque obstinément courbée et il n'a plus rien dit. On a marché, parmi les autres, jusqu'à la porte du camp.

Ceux qui montaient dans les camions étaient conduits directement aux chambres à gaz. C'était cette odeur qui planait sur le camp, l'odeur des petits enfants et des vieillards, l'odeur des femmes et des hommes qui avaient voulu s'asseoir.

Puis nous avons été séparés.

Les Allemands sont entrés dans Paris le jour de mes 15 ans, le 14 juin 1940.

Quand j'ai su qu'ils étaient aux portes de la ville, je suis rentrée en courant brûler tous les journaux que mon père gardait depuis la révolution russe. Je voulais le protéger. On avait peur pour les hommes, personne ne pensait qu'ils s'en prendraient aussi aux femmes et aux enfants.

Les premiers soldats ont franchi les portes de la capitale, et ma mère et sa sœur nous ont mises à la cave, mes deux cousines et moi. On a attendu longtemps, puis on s'est impatientées et on est sorties. Il faut bien vivre. Je fêtais mes 15 ans, moi. C'était bientôt l'été, il faisait beau, la ville tout entière semblait retenir son souffle. On est allées se promener, avec Frida et mon amie Odette. Place de la République, on a vu nos deux premiers soldats qui remontaient tranquillement le faubourg du Temple. Ils marchaient en princes, souriant à la population alors que les gens faisaient semblant de ne pas les voir et continuaient de vaquer à leurs occupations en regardant droit devant eux, partout plutôt que cet uniforme qui allait devenir si familier.

Les soldats nous ont repérées, des jeunes filles en robe d'été, et sont venus vers nous, une banane à la main. Je leur ai lancé : « Je ne mange pas de banane, moi. » Aimablement, comme ça, les bras pendant contre le corps, pour ne pas accepter le cadeau.

Mon père est revenu avec un de ses amis, ils étaient rentrés à pied depuis les côtes de Charente-Maritime, alors que de nombreux hommes de son régiment quittaient la France, embarquant à bord de n'importe quel bateau de pêche. Mais il avait trop peur pour nous. Il ne voulait pas nous laisser. Quoi qu'il arrive, on traverserait ça ensemble. C'est ce qu'il nous a dit en arrivant à l'appartement, qu'il ne serait jamais parti sans nous. Je savais que c'était une erreur et qu'il aurait mieux valu qu'il fuie. Parfois, les enfants ont plus de jugeote que leurs parents. S'il était passé en Angleterre, il aurait vécu.

Dans Paris occupé, la vie s'est durcie très vite. Bientôt, ils n'ont plus distribué de fruits et un long hiver a commencé. Le recensement des juifs a commencé. Sur les magasins sont apparues des affiches jaunes, « entreprise juive ». On a compris que des temps obscurs s'annonçaient.

L'enseignement de l'anglais étant interdit, ma mère m'a inscrite à des cours au marché noir. Ça se passait en face du cinéma Paramount, à Opéra, au dernier étage d'un immeuble. Pour ne pas se faire pincer, on se déchaussait dans l'escalier et on avait parfois de ces fous rires, on était encore capables d'insouciance. Et de s'illusionner.

Un de mes oncles a commencé à fournir une maison qui fabriquait des capotes militaires et des ustensiles pour l'armée allemande. Ils lui ont accordé un *Ausweis*, le document qui permettait de circuler. Il pensait se mettre ainsi en sécurité. Mon père, lui, a continué dans la maroquinerie.

À l'école, nous avions un nouveau professeur d'allemand. Il nous faisait remplir des cahiers de lettres gothiques. Un jour, à l'appel, il a prononcé mon nom à la polonaise. En France, on disait Kac, avec un *c* dur. En Pologne, c'est Katz. Je n'ai pas répondu. Il a répété, Julia Katz. J'ai dit : « Si c'est moi que vous appelez, je suis Julia Kac. » Il me regardait, je le regardais. Ses yeux me disaient : je sais que tu es juive. Il a continué l'appel.

Le soir, lorsque j'ai raconté à ma mère que je m'étais mis à dos le professeur d'allemand, elle a pris peur. Le lendemain, elle m'a accompagnée rendre mes livres et je ne suis jamais retournée en classe. J'aurais voulu faire l'école Boulle, même si je n'étais pas très forte en mathématiques, une des épreuves du concours.

La situation s'est tendue. Le 14 mai 1941, le jour des fiançailles de la sœur d'Odette, la rumeur a couru dans Paris qu'on arrêtait les juifs étrangers qui avaient obéi à une convocation à se présenter aux autorités. Mes cousins du faubourg du Temple avaient reçu ce billet vert, et c'est ainsi qu'on a baptisé cette rafle plus tard, rafle du billet vert. Les gens étaient divisés, il y en avait pour penser qu'il valait mieux être en règle, que c'était la meilleure façon de se protéger. Ma mère m'a envoyée aux nouvelles et Odette a voulu m'accompagner. Son père l'a laissée faire, malgré la fureur de sa mère qui trouvait que je gâchais la fête.

Jacques et son père n'étaient pas revenus. On a su plus tard qu'ils avaient été envoyés à Pithiviers.

Le 20 août 1941, la police a procédé à une nouvelle rafle, prétendant qu'elle faisait suite à un attentat contre des soldats allemands, j'ignore si c'était vrai. Trois mille juifs du 11e arrondissement ont été pris. Un autre de mes oncles en faisait partie. C'était un fantaisiste, comme on dit en yiddish, qui avait ses idées sur les choses. Il affirmait : « Nous sommes français depuis trois générations, on ne m'arrêtera pas. » Il n'est jamais revenu.

Quelques semaines plus tard, j'ai pris le train pour Pithiviers, espérant apercevoir Jacques. Je lui apportais un disque qu'il pourrait peut-être vendre ou troquer. On m'avait conseillé ça, puisqu'on ne pouvait pas faire entrer d'argent dans le camp. C'était « Minor Swing » de Django Reinhardt, un morceau qu'il adorait. J'ai réussi à le voir. Jacques avait beaucoup maigri, il s'efforçait de sourire mais il m'a avoué qu'on ne leur donnait rien à manger. Il aurait pu s'enfuir car il avait des permissions pour aller travailler chez des paysans du coin, mais il s'y refusait : il avait peur de ce qu'ils feraient à sa mère et à ses sœurs s'il manquait à l'appel. On a tout essayé pour le libérer, en vain.

Pour lutter contre le marché noir, des restrictions sur la taille des sacs avaient été instituées. C'est ainsi que ma mère a été arrêtée pour la première fois, alors qu'elle faisait sa tournée dans le quartier d'Opéra. Elle portait une besace qui dépassait la taille autorisée, pour transporter les sacs plus petits qu'elle vendait, activité devenue illégale. Les policiers l'ont emmenée à la caserne des Tourelles, boulevard Mortier, dans le 20e.

Je m'y suis précipitée pour essayer de la faire libérer et c'est là que j'ai rencontré l'inspecteur Philippe. Je ne sais plus si c'était son nom de guerre ou son vrai nom. Il devait avoir 30 ou 35 ans à l'époque, ses cheveux étaient noirs et, dans mes souvenirs, il était plutôt bel homme. Il m'a conseillé de soudoyer quelqu'un et je me suis rendue au cinquième étage de la préfecture de police avec une enveloppe contenant mille francs de l'époque, une somme considérable. J'avais 16 ans, j'étais timide et terrifiée. Le fonctionnaire a accepté mon argent en récitant sa propagande contre les juifs, puis il a fait libérer ma mère.

L'inspecteur Philippe m'avait dit : « Achète à ton père un imperméable Brummell et comme chapeau, un Eden. Il a de l'allure, on le prendra pour un homme *de la maison* et il pourra sortir sans être inquiété. Toi, avec ton visage, tu peux passer. » Il voulait dire que je n'avais pas l'air trop juive, qu'on ne m'arrêterait pas juste sur ma mine, je pense. En tout cas, à partir de ce jour, il nous a donné des informations.

Une nouvelle ordonnance allemande a été publiée le 7 février 1942, on nous a retiré le droit de sortir entre 20 heures et 6 heures. On vivait terrés comme des bestiaux. On avait peur. Puis ils ont restreint les heures auxquelles on pouvait faire nos courses. En juin 1942, le port de l'étoile jaune est devenu obligatoire.

Je l'ai cousue sur mes vêtements, mais je ne voulais plus sortir. J'avais peur qu'on me montre du doigt, j'avais peur d'entendre crier « Ouh la juive ». Ma mère m'a dit : « Fais un petit tour rapide dans la rue et reviens vite. » C'était pour que je m'habitue. Elle avait raison : je me suis habituée. Très vite, j'ai trouvé une parade : mon étoile était cousue sur une veste ou un manteau que je portais à mon bras, bien plié, sans l'enfiler. Comme ça, on ne la voyait pas.

La situation était de plus en plus dure mais nous, la jeunesse, on trouvait encore à rire et à penser à autre chose. Pas nos parents, qui se rongeaient d'inquiétude.

Dans le métro, le dernier wagon nous était réservé. Un jour, alors que j'étais avec des cousins, une bande est montée. Ils ont tabassé tous les garçons juifs, dont mes cousins. Pas un adulte n'a bougé.

Peu de temps après, j'ai croisé des doriotistes à la station Pyrénées. Je revenais de porter des choses à manger à des petits cousins étrangers qui étaient cachés dans le quartier. Ils avaient été chassés du Marais, où ils habitaient un taudis, et relogés dans le 19e arrondissement où, à la suite d'une erreur administrative, ils n'avaient pas été recensés. C'était leur chance, mais ils n'osaient plus sortir de l'appartement. On s'y rendait à tour de rôle, souvent moi qui étais française, afin de leur apporter à manger.

Les doriotistes m'ont poussée dans les escaliers, je me suis ouvert le genou. Comme la station Goncourt était fermée, je suis descendue à République, je boitais et je pleurais. Des policiers m'ont aidée. Je ne sais pas s'ils ont remarqué que j'étais juive, ils ont peut-être juste vu une jeune fille en larmes avec un genou en sang. En tout cas, ils m'ont raccompagnée. La peur qu'a eue ma mère quand elle a ouvert la porte et qu'elle m'a trouvée encadrée de policiers...

L'inspecteur Philippe nous donnait des messages. Il passait en sifflant d'une certaine façon. Si je l'entendais, je me précipitais à la fenêtre, je regardais à droite, à gauche, pour voir s'il était sur le boulevard Voltaire ou vers la rue Oberkampf et je courais le rejoindre. On marchait sous les marronniers et il me disait : méfie-toi, il se prépare quelque chose à tel ou tel endroit. Ensuite, je prévenais ma famille et nos amis.

Un jour, il m'appelle chez le bougnat – qui était un sympathisant de la première heure des Allemands. Nous avions un code réservé aux urgences. Quand j'ai entendu le message, j'ai blêmi : il m'invitait à manger des gâteaux chez sa femme. Cela voulait dire qu'il fallait partir sans attendre.

La date qu'il avait donnée, c'était le 16 juillet 1942.

Mon père avait un ami, Monsieur Frery, un socialiste qui mérite qu'on n'oublie jamais son nom car il a caché des familles entières. Il possédait, à Bry-sur-Marne, une petite guinguette. On est allés chez lui. Mon père a prévenu mon oncle, celui qui cousait les uniformes allemands, mais ce dernier a refusé de nous suivre : il était certain que rien ne leur arriverait à lui et ses enfants, d'autant que son fils aussi, Mendel, avait un *Ausweis*.

On a quitté Paris un samedi. Il faisait beau et chaud, le silence de la campagne était assourdissant. On attendait, sans savoir quoi exactement. La peur était là. Au bout de trois jours, le 14 juillet, ma mère a voulu rentrer à Paris pour payer le loyer et prendre des nouvelles de son frère dont elle n'avait plus aucun signe depuis la rafle du 11ᵉ. J'ai décidé de l'accompagner. Il faut comprendre qu'on croyait qu'il n'arriverait rien aux Français, ni aux femmes.

Nous avons marché dans la chaleur en direction du terminus de l'autobus 120, sans parler. Sur le chemin, nous avons rencontré un ami de mon père qui portait son imperméable de façon à dissimuler son étoile. Il nous a dit de rentrer nous cacher, il a assuré que le lendemain il y aurait une grande rafle. Ses informations confirmaient celles de l'inspecteur Philippe. Je me suis sentie infiniment soulagée d'avoir laissé mon père à la guinguette.

Nous avions plusieurs choses à faire à Paris. Une des sœurs de ma mère avait réussi à fuir en zone libre et elle nous avait demandé de vider son appartement de peur qu'il ne soit pillé. Je l'avais fait petit à petit, mais les caisses de vaisselle étaient lourdes et je n'avais pas encore eu le temps de tout cacher. Il y en avait entreposé chez nous, qu'on ne voulait pas risquer de perdre. On imaginait qu'on courait le risque d'être chassés de France, séparés, on savait qu'il faudrait peut-être tout recommencer ailleurs. Alors la vaisselle, les peaux, les pièces d'or, tout ce qui pourrait nous permettre de nous en sortir nous paraissait valoir le risque. On pensait qu'il fallait préserver le patrimoine. D'une certaine façon, c'est l'histoire qui se répétait et on se tenait prêts. J'étais bête, à cette époque, je ne savais rien, j'ignorais que le seul patrimoine qui vaut la peine d'être sauvé, ce sont les photos et les lettres, les souvenirs de ceux qu'on a aimés et qu'on ne reverra pas. Qu'importent les tasses et les soucoupes. Je n'ai plus qu'une poignée de photos de mes parents et de moi enfant, dans une enveloppe légère, mais j'ai toujours le service à thé de ma grand-mère. Si je pouvais échanger, je n'hésiterais pas une seconde.

Ma mère et moi sommes arrivées à la maison. Elle a rassemblé l'argent du loyer. Le soir est tombé. Je crois que Paris était très silencieux. J'avais peur. J'ai fait promettre à ma mère de ne pas ouvrir la porte. On s'est couchées.

À 6 heures, nous avons été réveillées par des coups à la porte. Je me suis levée, j'ai couru dans l'entrée. Ma mère faisait face à deux policiers français. Ils nous ont demandé de les suivre. Pour elle, elle n'a pas discuté un instant, mais elle a demandé : « Les enfants, jusqu'à quel âge vous les prenez ? » 15 ans, ont répondu les policiers. « Ma fille a 16 ans, elle est française. »

Ils n'ont arrêté qu'elle. Elle a mis son manteau, elle a pris son sac et elle est partie avec eux sans rien dire, sans pleurer, sans discuter. Elle avait fait ce qu'elle voulait : elle m'avait sauvée.

Je ne savais pas comment réagir. Je les ai suivis de loin, jusqu'à l'école de l'avenue Parmentier, où ils ont rassemblé les juifs du quartier. Je suis restée devant la porte, sur le trottoir, à attendre je ne sais quoi. Plus tard, des autobus sont arrivés et ils ont emmené les adultes à Drancy. Ceux qui avaient des enfants ont été conduits au Vel d'Hiv et, de là, à Pithiviers et Beaune-la-Rolande. J'ai su plus tard que c'était le cas de ma tante et mes cousines, Fernande et Hélène.

Le soir tombait. Je suis revenue lentement à la maison. Le bougnat du coin de la rue m'a vue rentrer, seule. Il a dit : « Enfin, la maison va être épurée. » Je n'ai pas su quoi répondre. J'ai récupéré quelques affaires et je suis repartie pour Bry-sur-Marne. J'avais peur que mon père, sans nouvelles de nous, s'inquiète et revienne à Paris, j'avais peur qu'on se croise et qu'il soit pris à son tour.

Dans l'après-midi, il avait appelé le bougnat, le seul à avoir le téléphone dans la rue. Ce dernier, reconnaissant son accent, lui avait dit : « Votre femme et votre fille sont mortes. »

La première chose qu'ils ont faite, après nous avoir pris nos affaires, ça a été de nous tatouer. J'ai reçu le numéro 46540. Dessous, ils ont dessiné un triangle. Maintenant, ma peau est ridée. On lit mal les chiffres mais on le voit toujours. Mon arrière-petite-fille regardait mon avant-bras l'autre jour. « Mamie, c'est quoi ce numéro ? » Elle a 5 ans. J'ai dit : « Il y a longtemps, mamie a eu un numéro. » Elle a réfléchi. Puis elle a dit : « C'est un truc méchant. »

Après, ils nous ont fait déshabiller. Des femmes essayaient de cacher leur corps, d'autres laissaient pendre leurs bras, déjà comme indifférentes, glacées. Les soldats commentaient. C'était la première fois qu'un homme me voyait nue. Ils nous ont rasé la tête, le pubis et les aisselles, nous ont aspergées d'un désinfectant. Mon pubis est toujours resté imberbe après ça, je crois que c'est le choc.

On m'a donné une robe rayée qui n'était pas à ma taille puis ils nous ont jeté des sabots. Il y a des femmes qui riaient nerveusement, je ne sais pas pourquoi, plus rien n'avait de sens, les gens devenaient fous. Il y en a qui tombaient morts, de peur, comme ça, lorsqu'ils arrivaient en ces lieux.

Chacune a essayé de trouver une paire à sa taille. Ensuite, on nous a conduites au camp des femmes.

Tondue, tatouée, dans ma robe rayée trop longue, avec mes sabots trop grands, j'ai avancé dans la chaleur brute de l'été.

Est-ce que c'est ce premier jour ? Le lendemain peut-être. Une fille m'a tirée par la manche. Elle m'a appelée par mon nom. J'ai regardé son visage et je ne l'ai pas reconnue. Pourtant, je connaissais sa voix. « C'est moi. C'est Frida. » Elle a dit Frida, son nom polonais. Puis elle a répété doucement, Fernande.

C'était ma cousine du même âge, la petite sœur de Jacques. Nous avions six mois d'écart mais c'est comme si elle n'avait plus d'âge. On avait passé toutes les fêtes et de nombreux week-ends l'une chez l'autre, jouant à être sœurs.

Elle était maigre. Faible. Un cadavre qui marche et qui parle. L'effroi m'a saisie. J'écoutais sa voix, c'était la voix de notre enfance, la voix de nos après-midi couchées sur le plancher, dans des taches de soleil, à se raconter des histoires, à parler de nos amoureux, à imaginer ce que seraient nos vies, à blaguer. C'était la voix du temps d'avant.

« Travaille toujours. Défends-toi. Ne dis jamais que tu es malade. On n'est plus à Paris maintenant. » J'entendais ses mots. Je savais qu'elle essayait de me dire quelque chose de très important, mais qu'elle n'y arrivait pas. Parce que le camp, on n'arrivait pas à le dire. C'est une chose qui ne peut pas se comprendre. Ceux qui avaient l'expérience, ceux qui avaient déjà survécu quelques semaines ou quelques mois, ils posaient sur les nouveaux arrivants un regard de l'autre monde.

Bientôt, je l'aurais aussi, ce regard.

Avec Frida, face à face, dans la même tenue, avec le même crâne mal tondu, on n'avait pourtant pas encore l'expérience partagée de l'horreur.

« Où est ta mère ? » ai-je demandé.

Sa mère qui était si gentille, ma tante que j'aimais tant.

« Maman est morte tout de suite, avec Hélène. »

Hélène, sa petite sœur. Les boucles bien tressées d'Hélène. Le rire d'Hélène.

Je regardais le visage de ma cousine. Comme si on se tenait, chacune, au-dessus d'un précipice. J'ai demandé : « Et maman, tu l'as vue ? »

Elle ne savait pas que ma mère était là.

J'ai aperçu Frida quelques fois encore. De plus en plus faible. Puis elle a été assassinée.

Nous avons été assignées à des kommandos en fonction de nos compétences. Moi qui n'en avais aucune, on m'a mise dans un *Außenkommando*, un kommando qui travaillait à l'extérieur. J'ai tout de suite compris que je n'avais pas pioché le bon numéro. Je priais pour que mon père, lui, s'en sorte mieux. Comme métier, il pouvait se dire cordonnier, travailler au *shisterei* comme on disait en yiddish. C'était un bon poste, il n'aurait pas besoin de sortir travailler dans la fournaise – et encore, je ne savais pas que le plus dur, ce serait l'hiver. J'espérais qu'il allait bien.

J'ai commencé à chercher ma mère. On travaillait douze heures chaque jour, on n'avait que peu de temps et le camp était immense, c'était comme chercher une aiguille dans une botte de foin. J'étais certaine qu'elle était en vie. Il y avait une telle force, une telle joie en elle. Je pensais qu'on ne pouvait pas la détruire. Elle était débrouillarde et courageuse. N'avait-elle pas traversé l'Europe seule à la recherche de son amoureux ? Elle ne craignait pas le danger, elle était maline. Elle devait s'être tirée d'affaire. À toutes les Françaises que je croisais, je demandais : « Est-ce que vous avez vu Marie Kac ? Mariem Kac ? » Je cherchais par date d'arrivée, j'allais voir dans les baraquements, je cherchais par nationalité, par numéro de convoi. Je savais qu'elle avait quitté Drancy en août 1942, avec le convoi n° 20 qui était plein d'enfants dont les parents avaient déjà été déportés et qui avaient presque tous été gazés à leur arrivée. C'était il y a onze mois. Je n'avais pas encore compris que onze mois, cela voulait dire que je n'avais presque aucune chance de la revoir vivante.

Puis j'ai rencontré une femme qui se souvenait d'elle. « C'est toi Julia ? » m'a-t-elle demandé. Il paraît que ma mère parlait de moi sans arrêt.

Elle avait une faiblesse aux jambes, m'a dit la femme. Elle avait été prise dans une sélection. Je ne savais pas, moi, qu'elle avait une faiblesse aux jambes. J'ai compris plus tard que c'est la malnutrition qui empêche le cœur de fonctionner et qui crée des œdèmes.

Quelques jours plus tard, j'ai croisé mon père sur le chantier du *Revier*, l'infirmerie des femmes. J'en ai pleuré. C'était l'un des kommandos les plus durs. Les hommes portaient des pierres trop lourdes, ils se cassaient les reins sous le soleil qui brûlait cette grande plaine sans arbres. « Qu'est-ce que tu fais là ? »

Il s'était porté volontaire parce qu'il voulait savoir ce qu'il était arrivé à sa femme. Ce sont les premiers mots qu'il m'a dits : « T'as vu maman ?

— Je crois que maman est morte.

— C'est pas possible », qu'il m'a répondu. Je n'ai pas osé insister. Qu'est-ce qu'on peut contre un grand amour ?

Je ne l'ai revu qu'une fois. Il était très fatigué. Il m'a dit : « Moi, je ne survivrai pas. Mais toi, tu vas rentrer et raconter ce qu'on nous a fait. »

Il a été envoyé nettoyer le ghetto de Varsovie puis, avec tout son kommando, il a été assassiné. Les Allemands ne voulaient pas laisser de témoins. Je ne sais plus qui me l'a appris, sans doute l'incessante rumeur du camp, radio chiotte comme on disait, parce que c'était le seul endroit où l'on avait le temps d'échanger des informations. Presque tous les hommes du convoi 55 avaient maintenant été assassinés.

Mes deux parents sont morts ici, à près d'un an d'intervalle, sans s'être revus, sur cette même terre désolée, au fond de la Pologne.

Après l'arrestation de ma mère, mon père était tombé malade et il ne s'est jamais vraiment remis. J'ai tout fait pour le réveiller, je lui disais : « Fais-le pour moi, viens, partons en zone libre. » Il secouait la tête. Il était comme privé de volonté. Il ne pensait qu'à elle.

On est allés voir les Lokiat, nos cousins qui vivaient cachés dans le 19e. Malgré la peur, c'étaient des gens capables de rire encore, comme si rien ne devait les atteindre vraiment. Ils habitaient rue Rébeval. Ils parlaient à peine français. Ma tante confondait tous les mots, elle disait récépissé au lieu de récipient car les heures passées à faire la queue en préfecture avaient donné davantage d'importance à ce mot qu'à n'importe quel autre.

Ce jour-là, en approchant, j'ai reconnu le son de l'accordéon de mon oncle et mon père est devenu fou. « Qu'est-ce que tu fais, alors que Mariem est arrêtée, tu penses encore à la musique ? — La vie doit continuer », a répondu mon oncle. « Non », a hurlé mon père, et il m'a entraînée dehors.

Je suis retournée voir l'inspecteur Philippe pour lui demander de l'aide. Il ne pouvait rien faire, mais il m'a donné l'idée d'aller voir ma mère à Drancy. Par la corporation de mon père, nous connaissions un peaussier, Monsieur Durand, dont un employé habitait Drancy. Son appartement donnait sur le camp. Je me suis tenue des heures à la fenêtre de la cuisine, guettant la silhouette de ma mère dans la cour du camp. Quand je l'ai vue, je l'ai appelée, elle a levé la tête, elle a souri et agité la main.

Elle a été déportée le 31 août 1942.

On a reçu un mot signé d'elle disant qu'elle partait travailler à Metz. C'était un truc des Allemands, au début en tout cas. Ils autorisaient les prisonniers à envoyer une carte à leur famille. C'était malin, cela leur permettait de prendre les adresses de nouvelles personnes à arrêter. Quand ça a été mon tour, j'avais compris le truc et j'ai inventé une adresse : 100, avenue de la République.

Mon père, alors, croyait vraiment que ma mère était à Metz et il cherchait désespérément comment la faire sortir. Il attendait de ses nouvelles. Moi j'étais comme une folle : je sentais qu'on serait les prochains. Je le suppliais de partir.

Ma tante qui était en zone libre nous a envoyé un passeur. Mon père a refusé. « J'attends maman. » J'ai voulu lui dire : les enfants sont parfois plus avisés que leurs parents. Mais en yiddish, ça a donné « *mal kinder zenen smarter vi zeyere eltern* », plus intelligents. Il m'a donné la première gifle de ma vie. Alors je lui ai dit que je ne lui ferais plus à manger. Il s'est mis à pleurer. C'est trop dur quand les parents dépendent de leurs enfants, il vaut toujours mieux que ce soit l'inverse.

On ne pouvait pas rester à Bry, alors j'ai caché mon père et un autre de mes oncles rue Pillet-Will, dans le 9e, chez un Français très gentil qui possédait un petit atelier fermé depuis la guerre. Mais le week-end, il le louait pour des surprise-parties et il fallait vider les lieux. Je n'avais d'autre choix que de ramener mon oncle et mon père à l'appartement. Mon oncle avait du caractère et, surtout, de la voix. J'avais beau lui dire de rester tranquille, qu'on allait être repérés, il n'arrivait pas à se contrôler. Comme on n'en pouvait plus de se disputer, il a fini par changer de cachette.

Un samedi, le 23 mai 1943, on a sonné à la porte très tôt. J'ai su tout de suite ce que ça voulait dire. J'ai ouvert.

Comme pour ma mère, ils étaient deux. Ils m'ont dit : « Votre voisine, Madame Escoffier, a dénoncé des activités illégales chez vous. Vous allez devoir nous suivre. » Madame Escoffier, c'était une dame du 1er étage, côté cour, avec qui nous n'avions pas de relations particulières. Je ne sais pas pourquoi elle a fait une chose pareille.

Mon père était caché dans le cagibi où l'on rangeait autrefois les cuirs mais quand il a entendu qu'on me mettait les menottes, il est sorti et nous a rejoints dans l'entrée, très pâle.

J'ai demandé à l'inspecteur qui nous arrêtait si je pouvais passer un coup de téléphone, il a accepté et m'a accompagnée jusqu'au métro, où il y avait des cabines. J'ai appelé un homme avec qui mon père s'était associé et à qui il avait confié son argent, en lui disant qu'on était arrêtés. On avait besoin d'aide. Tout ce qu'il a fait, c'est de nous faire parvenir, à Drancy, un colis de petits gâteaux.

Nous avons été séparés, mon père et moi, et on m'a mise à la Conciergerie avec les prostituées et une meurtrière. J'ai passé la nuit assise par terre à pleurer, puis on m'a jetée dans le panier à salade, direction Drancy.

Drancy, c'est les illusions.

Le camp était un immense carré d'immeubles. Leur silhouette était reconnaissable de loin. Il était plein de juifs, des étrangers et des Français maintenant, puisqu'ils arrêtaient tout le monde. Il y en avait de toutes les sortes, des pauvres et des riches, des enfants, des bébés, des jeunes gens. Il y avait des femmes enceintes. Des familles. Des gens seuls. On était entassés dans des pièces sans fenêtre – le bâtiment n'avait pas été terminé. On trouvait que nos conditions de détention étaient très dures. On vivait dans l'inquiétude et dans la peur. Agités. On croyait que ça ne pouvait pas être pire.

Nous sommes les derniers à y avoir été surveillés, à l'intérieur, par des policiers français.

Ce sont des Français qui m'ont conduite à la Conciergerie, puis à Drancy et, enfin, après quelques mois, qui m'ont fait monter dans un train.

Mon père et moi parlions peu, il se languissait, mélancolique. Pendant trois mois, il n'y a pas eu de déportations. On a pensé qu'ils allaient nous oublier. Les deux dernières déportations de mars contenaient une majorité de Français et il y avait un désaccord entre Vichy et les Allemands. Les départs pour l'Allemagne s'étaient arrêtés un temps – pas les arrestations toutefois, et on nous a entassés là, de plus en plus nombreux.

Je n'étais au courant de rien de tout ça. C'était de la politique, des histoires d'adultes qui parlent pour tenter de maîtriser l'angoisse. Moi, je me demandais seulement comment tenir le coup, et où était ma mère. J'étais obsédée par l'idée de faire passer à mon amie Odette le beau sac en cuir que j'avais eu le droit d'apporter jusqu'ici. C'était mon père qui l'avait fait pour moi et j'avais peur qu'on me le vole.

Ceux qui avaient de l'argent essayaient de soudoyer nos gardes pour connaître la vérité, en vain. Ils étaient durs, les gendarmes, ils ne lâchaient rien. J'en avais abordé un dont on disait qu'il était possible de le corrompre pour lui demander de faire porter mon sac à Odette. Il a négocié pendant des jours. Enfin, on est tombés d'accord sur un prix et je lui ai confié mon sac. À l'intérieur, j'avais mis un petit mot pour mon amie.

Je savais bien qu'il n'y avait pas beaucoup de chances pour qu'il arrive à bon port. Mais je préférais encore me le faire voler par un Français que par un Allemand. C'est comme ça, je restais patriote.

Drancy, c'est l'attente, rien d'autre que l'attente, l'inquiétude et l'espoir qui alternent et se mélangent, l'angoisse tout le jour, l'angoisse la nuit quand on somnole entre les pleurs, les gémissements et les cauchemars de tous ces inconnus, l'angoisse rythmée des discussions sans fin des adultes, des discussions à voix basse qui ne riment à rien, où les pessimistes affrontent les optimistes, où la raison tente de se frayer un chemin.

Et puis le 23 juin 1943, on a été déportés.

Mon père m'a dit : « N'oubliez pas où tu as caché la vaisselle et les bijoux. Moi, je ne reviendrai pas. »

La vie à Birkenau a commencé, si on peut appeler ça la vie. L'eau froide et brune, pour boire ou se débarbouiller. Manger ce qu'on nous donnait, de la soupe claire dans laquelle flottaient parfois des filaments de viande. Le pain qu'on nous jetait et qu'il fallait attraper au vol. J'attrapais. Mais quand je laissais tomber, je ne courais pas pour ramasser par terre. J'en ai vu se faire dérouiller pour ça. Moi j'évitais les coups. Je ne me faisais pas remarquer. J'étais murée à l'intérieur, je me faisais oublier. Je m'oubliais. Mon cerveau s'était arrêté, il ne restait que l'instinct.

Nous n'avions pas de lits mais des espèces de casiers dans lesquels on dormait sur la paille, à huit ou dix. Ça avait un nom. Tout avait un nom, dans l'argot du camp qui était fait de polonais, de yiddish et d'allemand mêlés. Stojak, c'était pour les portemanteaux. Mais les couchettes ? Koja ? Je ne sais plus. La mémoire me fait défaut. Les lits étaient infestés de poux et de punaises, les détenues des étages supérieurs atteintes de dysenterie se vidaient sur celles d'en dessous. La crasse était inimaginable. On dormait tête-bêche, les pieds de l'une dans la figure de l'autre, comme des sardines, entassées comme si nous n'étions même plus humaines.

Un jour, au réveil, il y en a une qui était morte. Sans un bruit, seule dans la nuit. On s'est levées et habillées pour l'appel, laissant son corps léger couché là-haut.

Le premier été a passé. Chaque matin, on se levait avant le jour et on attendait des heures, debout, pour l'appel, la tête qui tournait, dans les hurlements, les aboiements. Ils nous faisaient faire une gymnastique dans la chaleur folle. On répétait les mouvements, des mouches sur les yeux, des taches noires sur notre rétine, on faisait tourner nos bras, essayant de ne pas s'évanouir, les pieds martelant la terre brûlée, sèche. Celles qui étaient plus jeunes que moi n'ont pas duré. C'était trop dur. Il y en avait deux, des petites, adolescentes, presque enfants encore. On a essayé de les protéger. Elles n'ont pas duré. Personne ne durait.

Dans mon premier *Außenkommando*, on travaillait dans une carrière, à déplacer des cailloux d'un côté à l'autre, et rien n'avait de sens.

L'automne est arrivé, le temps a fraîchi, la pluie a commencé à tomber. On faisait à présent la gymnastique dans nos robes trempées, dérapant dans la boue, glissant, tombant, grotesques et épuisées.

La première neige a recouvert le sol. Alors les anciennes, avec leurs yeux de l'autre côté du gouffre, nous ont dit : « On va toutes mourir. »

Elles avaient connu un hiver, déjà, elles savaient qu'elles ne tiendraient pas un deuxième.

Elles l'ont dit sans émotion, elles l'ont dit avec la voix de ceux qui sont déjà très loin. « On va tous mourir, les enfants. » Elles l'ont dit gentiment, pour nous prévenir. « C'est la période noire qui commence. »

Il y avait des règles, au camp, qu'il valait mieux apprendre vite. Un système de tickets. Des hiérarchies, certaines évidentes, d'autres subtiles. C'était un monde, un monde devenu fou. Tous les quinze jours, nous avions droit à une journée de repos. Nous devions en profiter pour nous laver et nettoyer notre baraquement. Certaines arrivaient à tricher et à échanger leurs jours de repos avec les filles d'autres groupes. Moi je n'étais pas futée, j'avais trop peur pour tenter quoi que ce soit. Je n'essayais même pas. Mais des copines avaient encore l'énergie de tenter des choses. Parfois c'était pour aider les autres. Le plus souvent c'était pour leur seul bénéfice. Moi, j'étais amorphe. Je suivais, j'obéissais, je ne pensais pas. Un pas après l'autre. Une heure après l'autre. Une nuit après l'autre.

Sauf ce jour de repos. Alors on s'asseyait en rond avec les copines et on se racontait nos souvenirs d'enfance. On parlait de nos parents. Certaines, plus âgées, évoquaient leurs enfants mais c'était trop dur, elles préféraient revenir à un passé lointain. On l'embellissait toutes. On se dotait d'une enfance merveilleuse, qui nous donnait du courage, nous permettait de tenir. On se faisait rire. On se faisait pleurer. Moi j'évoquais ma mère, ses cheveux, sa joie, sa voix. Mon père, sa haute silhouette, son élégance, ses mots tendres en yiddish. Sa voix qui disait *takhterle*. Ma petite fille. Je parlais de la maison. De l'odeur du cuir. Des rues de Ménilmontant. De la voix de ma mère. On se racontait des recettes de cuisine alors qu'on crevait de faim. On chantait. Les chansons que je préférais, c'étaient les chansons d'amour. Je connaissais les paroles de Charles Trénet par cœur.

« J'ai ta main dans ma main. Je joue avec tes doigts. J'ai mes yeux dans tes yeux. » J'adorais cette chanson. J'avais le cœur romantique.

Parfois on riait, je crois vraiment que ça arrivait. Une Française criait « sauve qui peut » chaque fois qu'elle en voyait arriver une méchante, et ça nous faisait rire.

Entre nous, il y avait de la pitié et, parfois, le sacrifice de soi. Mais c'était implacable, aussi. Il n'y avait pas que de la solidarité. Il y avait la compétition féroce pour survivre. Je crois que c'était mieux chez les hommes, du moins c'est ce qu'on m'a raconté. Avec les Polonaises et les Lituaniennes, il y a eu souvent des bagarres. On disait entre nous qu'elles étaient impitoyables. Un jour, j'ai été dérouillée à coups de gamelle parce que j'avais pris le repos d'une autre. Je crois que ce n'était même pas vrai, je ne sais plus. J'ai été couverte de bleus pendant des semaines. On prenait des coups, certaines en donnaient aussi. Mais tant qu'on n'était pas raides mortes, on continuait, on se levait, on endurait l'appel, on portait nos cailloux. On travaillait dehors, sous la pluie et la neige, dans l'orage et la tempête, on déplaçait ces cailloux trop lourds qui écorchaient nos mains gelées. Rien n'avait de sens, rien n'avait d'utilité, ils voulaient nous tuer, plus ou moins vite. Nos robes étaient trempées et sales. La neige ne s'arrêtait plus. Les jours se fondaient en un seul tunnel glacé qui n'aurait pas de fin. Des copines disparaissaient à l'occasion d'une sélection, ou bien elles étaient envoyées à l'infirmerie dont la construction avait été achevée et elles n'en revenaient pas.

Je me souvenais du conseil de ma cousine : « Défends-toi, ne dis jamais que tu es malade, n'arrête pas de travailler. » Alors je prenais un autre caillou dont les arêtes entaillaient ma peau et je le soulevais.

En décembre, six mois après notre arrivée, on a eu droit à notre première douche. Ils ont dû nous y pousser à coups de crosse, on croyait qu'ils allaient nous gazer.

Quand on a vu que c'était vraiment de l'eau, l'eau brune, sale et froide du camp, mais de l'eau malgré tout, on a pleuré de joie en tâchant de se débarbouiller et de laver nos robes raidies par la crasse. On s'est baignées tout habillées en pleurant.

Mina était toute petite, encore plus que moi qui ne suis pourtant pas grande. Elle était menue comme une enfant, avec de grands yeux gris. Il y avait des femmes, au camp, dont on voyait encore la beauté malgré leurs cheveux tondus. Mina chantait à la façon d'Édith Piaf. La première fois qu'on avait grimpé sur la paillasse qu'on a partagée jusqu'à sa mort, elle avait dit en riant, avec cet accent parigot qu'elle avait : « Prends garde à ta fleur, c'est haut !

— C'est quoi ma fleur ? » j'avais demandé.

J'étais encore une enfant, naïve, je ne connaissais rien à la vie. Elle avait ri et m'avait dit : « Ah toi, t'es vraiment la meilleure. T'as quel âge ? » Elle m'avait prise sous sa protection. Le soir, elle me racontait les histoires tristes de ses amours, les soirées dansantes, les bars et les bals de la rue Blanche, où je n'avais jamais mis les pieds, que je n'aurais même jamais imaginés. Mina était une prostituée. Parfois, elle pleurait en racontant que c'était son souteneur qui l'avait dénoncée pour arranger ses affaires avec la police. Elle pleurait et me serrait dans ses bras en me disant : « T'es jeune, toi, tu survivras. Moi pas, moi je vais mourir ici. Mais toi, t'es jeune, t'es forte. Tu rentreras, et alors t'iras le voir, là-bas, il est toujours sur le trottoir, entre la rue Blanche et la petite place qui est en bas. Tu le reconnaîtras, c'est un beau gars coquet, il aime les costumes croisés. Alors tu lui diras de ma part, tu lui diras ce qu'ils m'ont fait. Promets-le-moi. Promets que tu me vengeras. »

Je promettais.

Mina a attrapé la dysenterie. Quand elle est tombée malade, j'ai voulu lui trouver un médicament. Il y avait une fille qui travaillait à l'infirmerie. Mais quand elle a su pour qui c'était, elle m'a dit : « Pour la pute, pas question. » Mina est morte quelques jours plus tard. Elle est morte, légère comme un oiseau.

Mais déjà, on avait commencé à se détacher. Tout le monde mourait, les gens disparaissaient les uns après les autres. Vivant au matin, mort le soir. Mina, c'est une des dernières pour qui j'ai pleuré.

Dans notre baraquement, il y avait une jeune femme qui était enceinte. Les SS ne l'avait pas vu, ou alors ils attendaient, je ne sais plus. On l'a protégée tant qu'on a pu. On lui a donné, parfois, des morceaux de nos rations. C'était notre enfant à toutes.

Elle a accouché. En silence, en serrant les dents, dans le baraquement.

Qu'est-ce qu'on espérait ? Qu'est-ce qui pouvait arriver de bon à ce bébé ? On ne se posait pas la question, on ne voyait plus l'avenir, notre vie n'était qu'un tunnel de présent et tout ce qu'on souhaitait, c'était que l'enfant naisse. Impossible de penser plus loin.

J'étais avec des copines à guetter dehors, à l'extérieur de la baraque, dans l'espoir que la naissance passe inaperçue.

Un soldat est passé. L'enfant a gémi.

Il s'est frayé un chemin parmi nous à coups de poing et de crosse, il est entré dans la chambrée, il a pris le bébé par un pied, il est sorti, il l'a jeté en l'air et l'a tiré. Comme un pigeon.

On s'est éloignées.

La jeune maman est morte de chagrin quelques jours plus tard.

Il fallait être fort. Savoir se défendre. J'ai courbé l'échine, je me suis attachée à passer inaperçue. Ce qu'on a pu subir. Un jour, parce qu'il jugeait mon travail mal fait, un tout jeune soldat, qui avait mon âge, pas plus, je l'ai vu dans ses yeux, a posé son fusil et m'a démolie à coups de poing. Le soir, des morceaux de mes dents sont tombés dans ma soupe. Je crois qu'à un moment, j'étais devenue comme une bête. Je ne ressentais plus. Un pas devant l'autre, une heure après l'autre, un jour, une nuit après l'autre. Mais il y avait des moments, parfois, qui nous ramenaient à nous, qui nous rappelaient qu'on était humains. Et ces réveils, ils faisaient tellement mal qu'on aurait préféré ne plus avoir à les vivre.

J'ai fait deux ans de camp. Vingt-cinq mois et trois jours exactement : j'ai été arrêtée le 23 avril 1943, un peu avant mes dix-huit ans, et libérée le 26 mai 1945. Mon cerveau s'est arrêté de fonctionner lorsque j'ai posé le pied à Birkenau et les souvenirs me sont ensuite revenus comme des flashs, des plaies et des éclats tranchants. Il y avait des gardiennes qui vous battaient à vous laisser K-O, sans raison, pour le plaisir. Un jour, Dreschel, la commandante du camp des femmes, m'a attrapée par une boucle qui dépassait de mon foulard et m'a tabassée jusqu'à ce que je perde connaissance. On vivait sous la loi des kapos, des polonaises prisonnières de droit commun dont l'âme était endurcie. Qui pourra dire leur sadisme ? Il y avait un seau dans la baraque, pour pisser la nuit. Les kapos tendaient l'oreille. Si on faisait un pet, si elles entendaient un écoulement de diarrhée, elles nous envoyaient le vider aux tinettes dans la nuit glaciale, trébuchantes dans nos sabots. On souffrait toutes de dysenterie, la vie s'écoulait de nous.

Une des kapos, qui était laide et mauvaise, je sais que les copines l'ont eue, vers la fin des marches de la mort. Elles l'ont découpée en morceaux.

Le meilleur kommando, c'était le Canada, j'ignore pourquoi ils l'appelaient comme ça. C'est là qu'on triait les biens des déportés. Toutes ces valises, ces baluchons, ces chaussures, ces vêtements, ces lunettes, ces petits bonnets d'enfant.

On était au chaud.

À l'automne, ils m'ont mise à la *Küche*. Ce n'était pas une mauvaise place. Je pelais des pommes de terre toute la journée. Je n'ai plus jamais coupé un légume sans y penser. Je ne me sers pas d'un économe, j'épluche à la façon du camp.

Puis j'ai attrapé le typhus.

On nous avait fait à toutes une piqûre au sein gauche, pour nous en protéger soi-disant.

Parfois je me demande s'ils ne nous l'ont pas au contraire inoculé. Je ne saurai jamais ce qu'ils m'ont refilé mais j'ai toujours à cet endroit une petite boule de tissu fibromateux.

Je brûlais de fièvre, mon corps s'est couvert de plaques rouges qui bientôt se sont ouvertes et se sont mises à saigner. Je ne l'ai dit à personne, je ne voulais pas aller à l'infirmerie. Les copines s'en sont quand même rendu compte : je ne mangeais plus, je ne gardais rien. J'ai dépéri brutalement.

Ça a été immédiatement la bagarre, tout le monde voulait être mon aide-soignante pour avoir ma part de pain et de soupe. Cela m'était égal mais la seule chose que je demandais, en échange, c'était qu'on fasse mon lit car je n'en avais plus la force.

C'est la période la plus noire. Je ne savais pas si j'allais m'en sortir. À la *Küche*, ils n'ont plus voulu de moi et on m'a envoyée à l'infirmerie de force. Là, j'ai eu un coup de chance. La doctoresse s'appelait comme moi, Julia Kac, peut-être que ça a joué. Je lui ai affirmé que je pouvais travailler, que je me sentais bien. Elle savait que c'était faux, je tenais à peine debout, mais elle m'a laissée tenter ma chance. J'ai quitté l'infirmerie le jour même et je suis retournée à mon baraquement où j'ai annoncé aux Polacks qui nous dirigeaient : « Vous voyez que j'ai pas le typhus, sinon ils m'auraient jamais laissée sortir. »

J'ai repris le travail. Ma tête était comme prise dans un étau et mes jambes étaient couvertes d'ulcères. Quand on se lavait, le dimanche, j'hésitais à les passer sous l'eau jaunâtre, craignant de les infecter encore plus. Du pus suintait en permanence.

Noël est arrivé.

Les détenues polonaises catholiques étaient un peu mieux traitées que nous, puisqu'elles n'étaient pas juives, aussi les soldats leur ont-ils donné le choix : si elles travaillaient tout un jour et toute une nuit d'affilée, elles auraient droit à une journée de congé pour fêter Noël. Sinon, elles ne pourraient pas le fêter.

J'ai prié pour qu'elles n'acceptent pas. J'allais mourir au travail, je n'aurais jamais la force d'enchaîner deux services de 24 heures. Mais les kapos, qui étaient pieuses bien que salopes, ont choisi Noël.

C'était la fin.

J'ai tenu la première journée. Le soir, après la soupe, alors qu'on s'apprêtait à repartir pour la nuit, je me suis dit, en marchant vers la porte de la baraque : Julia, t'es foutue.

La kapo, peut-être parce que c'était Noël, m'a jeté : « Va dormir, toi. » Je n'en croyais pas mes oreilles. Je risquais, si on me trouvait au block alors que les autres étaient au travail, qu'on croie que je me cachais et qu'on me batte, mais j'ai obéi. Je me suis couchée, j'ai dormi toute la nuit. Le lendemain, pendant que les catholiques fêtaient Noël, j'ai encore dormi tout le jour. Le soir, on nous a servi un ersatz de repas de fête, je l'ai mangé, je ne l'ai pas rendu. Et j'ai dormi à nouveau une nuit entière.

Le jour d'après, je me suis levée et j'ai pensé que, peut-être, j'allais vivre.

Le 18 janvier 1944, il y a eu une sélection dirigée par Himmler lui-même. Une copine, une Grecque de Thessalonique, m'a dit : « Redresse-toi, ils nous regardent. » J'ai essayé, mais j'étais trop faible pour faire illusion. On m'a fait monter dans le camion. Après huit mois de camp, je savais ce que ça voulait dire.

Hössler, le commandant du camp des femmes, et Himmler sont passés en se disputant. Himmler nous voulait morts, Hössler répondait qu'il avait besoin de main-d'œuvre. C'est Himmler qui l'a emporté. À cet instant, le regard de Hössler s'est posé sur moi, il a regardé mes jambes couvertes de plaies et il m'a demandé : « *Willst du arbeiten ?* » Veux-tu travailler ? J'ai dit oui, je veux travailler.

Je suis descendue du camion.

Je me suis raconté des histoires. On m'a dit que Hössler avait une fille de mon âge, je ne sais même pas si c'est vrai. Est-ce que je lui ressemblais ? Pourquoi m'a-t-il posé, à moi seule, cette question ? Pourquoi ai-je pu descendre du camion ?

Je suis la seule survivante de cette sélection.

Au printemps 1944, des centaines de milliers de juifs hongrois sont arrivés. Ils ont été gazés. Les flammes montaient de l'enfer, l'odeur de viande brûlée a plané sur le camp pendant des semaines.

J'ai reconnu sa longue carcasse, ses oreilles en chou-fleur plus visibles que jamais sur son crâne dont on distinguait les os. Il dépassait d'une tête tous les hommes de ce kommando qui revenait du travail.

J'ai crié. « Jacques ! »

C'était lui, puisqu'il s'est retourné. Mais quand il m'a regardée, dans son regard vide je n'ai rien vu. Il me fixait sans passion ni curiosité.

« C'est moi, Jacques. C'est Julia. »

Il me scrutait toujours comme s'il ne me reconnaissait pas.

« C'est Julia. » Je suppliais presque. Je voulais qu'il me voie. Je voulais qu'il se souvienne. Je voulais croire que subsistait encore en moi quelque chose de la jeune fille que j'avais été, la jeune fille qui riait dans les rues de Paris, la jeune fille taquine et confiante, aimée, aimante.

« Julia ? »

Jacques était là depuis l'été 1942 après un an à Pithiviers où on les avait quasiment laissés crever de faim. Nous ne sommes pas nombreux à avoir tenu si longtemps. Un jour, il avait donné son pain à une petite fille parce qu'elle lui rappelait sa sœur Hélène. Les Allemands avaient voulu lui faire dire à qui il avait donné sa ration. Comme il avait refusé, ils l'avaient rossé presque à mort. Les hommes de son baraquement l'avaient porté jusqu'à sa couche. Il avait déliré quinze jours, les copains avaient cru qu'il y passerait. Mais il s'était remis.

Jacques a fait un pas vers moi. Il a posé sa grande main légère sur ma joue. Puis il s'est éloigné avec la colonne d'hommes, du pas traînant et exténué qu'on avait tous.

Je me suis tournée vers les copines, affolée. « Y a pas quelqu'un qui a une glace ? »

L'une d'entre nous avait un éclat de miroir dans sa poche, elle l'a tiré, j'ai regardé, dans la lame cassée, un pan de mon visage. J'étais défigurée. Qu'on ne vienne pas me dire que je ne suis pas laide. Sans le camp, j'aurais peut-être été jolie comme ma mère. Mais après ça, plus jamais. Ma peau était couverte des ulcères du typhus. Et puis mes cheveux, mes pauvres cheveux.

Quand j'avais attrapé le typhus, les filles m'avaient dit : « Rase tes cheveux, sinon ils sont foutus. » Mais ils commençaient à peine à repousser et j'avais tellement hâte de les sentir de nouveau sur mes joues que je n'avais pas écouté. De toute façon, une fille de 18 ans ça n'écoute personne. Je ne dirais pas que c'est mon plus grand regret, bien sûr, mais avant le camp, j'avais les boucles souples de ma mère. Après, ils ont repoussé crépus, cassants, secs. Comme le signe que c'en était fini pour de bon de la vie d'avant, de la Julia d'avant. C'est drôle de penser qu'on puisse avoir une coquetterie jusque dans l'horreur. Pourtant, même là, après avoir perdu tout le monde, j'ai regretté de ne pas avoir suivi le conseil des femmes. Peut-être que je serais redevenue jolie.

Quand Jacques est rentré, après la guerre, quelques semaines avant moi, il a dit aux survivants de notre famille qu'il m'avait vue là-bas et que j'étais une musulmane, comme on appelait les mourants au camp. Il a dit que je ne reviendrais pas.

Le grand complexe d'Auschwitz était composé de plusieurs camps et, en 1944, nous avons été déplacées de Birkenau à Auschwitz I où, jusqu'à la fin, nous avons travaillé dans l'usine de détonateurs de l'Unionswerke. On « participait à l'effort de guerre » tout en priant pour qu'ils se prennent une raclée. Nos conditions de vie se sont un peu améliorées. La première nuit sur un vrai lit, j'ai dormi d'une traite. Je me souviens que je me tournais dans tous les sens en me disant : ce que c'est bon, un lit. Mon sommeil a été si profond que je n'ai pas entendu l'appel. C'est une copine qui m'a secouée. « Vite, vite. » Tout le monde était déjà dehors. J'entendais les cris des soldats : « *Eintreten, eintreten.* »

En rang, en rang. Arriver en retard à l'appel, c'était des coups assurés, et peut-être pire. Je me suis ruée hors de ma couche en passant ma robe par-dessus ma tête mais, alors que je courais vers la porte, j'ai heurté quelqu'un si fort que je suis tombée par terre.

J'ai tiré sur ma robe et j'ai vu Maria, la kapo la plus dure. Je me suis dit : adieu, veau, vache, cochon. J'étais résignée. Personne ne pouvait échapper à Maria.

Elle m'a regardée bizarrement et elle a dit : « Dépêche-toi, tu vas être en retard. »

« C'est un miracle », m'a dit une copine qui avait tout vu, et c'était vrai.

Pendant un temps, à l'usine, j'ai été affectée à l'équipe de nuit. C'était très dur. Les plaies sur mes bras et mes jambes ne se refermaient pas. Nous étions surveillées par des civils. Aucun n'avait la cruauté des soldats allemands. Ce n'est pas qu'ils étaient bons, mais ils n'étaient pas capables d'aller aussi loin dans la brutalité. Ça demande un entraînement, la méchanceté. Une nuit, un surveillant, me voyant vaciller, m'a laissée m'asseoir sur un tabouret. C'est ça, le facteur chance. Une nuit assise pour reprendre des forces et sans laquelle, peut-être, on ne survivrait pas un jour de plus.

En août 1944, une division Panzer qui portait comme emblème une tête de mort sur des tibias croisés est arrivée au camp. Les femmes qui avaient connu le ghetto de Varsovie ou le camp de Majdanek sont devenues folles en les reconnaissant. Il y a des degrés dans l'horreur, les Panzer à tête de mort se situaient au-delà.

Ils n'ont passé qu'une nuit dans le camp mais toute la nuit, j'ai entendu pleurer et gémir de terreur les femmes de ma baraque. Au matin, ils sont repartis.

Ils faisaient retraite devant l'Armée rouge. L'Allemagne était en train de perdre, les meurtriers étaient en fuite.

Nous avons été réveillées par l'alerte évasion. C'était rarissime, nous avons toutes tendu l'oreille, le cœur battant. Le lendemain, à radio chiotte, assise sur les planches, j'ai appris que Mala la Belge s'était fait la belle avec son *kochanie*, son amoureux polonais. Mala était une prisonnière qui parlait toutes les langues. Elle était connue pour remonter le moral des copines. Comme elle était coursière dans le camp, elle avait davantage de liberté de circuler que nous et elle prenait toujours des risques pour nous aider. On a toutes chanté, doucement, *Eine glückliche Reise*, Mala. Fais bon voyage, Mala.

Mala et son *kochanie* ont été repris quelques jours plus tard, ils les ont ramenés au camp. Elle, ils ont voulu la pendre mais elle a réussi à se trancher les veines avant, alors ils l'ont achevée d'une balle dans la tête.

À l'automne 1944, quatre femmes ont réussi à faire sortir de la poudre de l'Unionswerke et à la passer aux hommes du *Sonderkommando*.

Le *Sonderkommando* était chargé de ramasser les corps dans la chambre à gaz, de trier leurs biens, de récupérer les dents en or, les cheveux, puis de porter les cadavres, parmi lesquels ils reconnaissaient parfois un visage connu, aimé, un fils, une épouse, à brûler dans les fours crématoires. Les hommes du *Sonderkommando* ne vivaient jamais longtemps, ils étaient remplacés régulièrement mais, dans l'intervalle, ils bénéficiaient d'un meilleur traitement. Cette fois, ils avaient décidé de se révolter.

Quand les soldats ont crié « *Eintreten* », ils ont fait sauter le four.

On a toutes entendu le bruit des explosions, les tirs, les sirènes. Personne ne savait ce qui se passait.

Quelques jours plus tard, les soldats nous ont dit qu'on allait avoir droit à un spectacle. On était contentes. En se dirigeant vers la place, on a croisé l'équipe de jour qui en revenait, et j'ai aperçu le visage d'une copine, Fanny Segal, une Parisienne de mon block. Elle avait le regard si triste que j'ai averti les autres. « C'est pas un spectacle. »

Les corps des quatre résistantes se balançaient à la potence. Bien des années plus tard, nous nous sommes cotisées pour leur offrir une statue à Yad Vashem.

Le deuxième hiver a commencé.

Depuis des jours, on entendait les canons tonner, de plus en plus proches. Celles qui avaient encore une étincelle de vie, celles qui se sentaient toujours une prise sur la réalité, nous ont dit que les Russes approchaient. L'Armée rouge venait nous délivrer. Il y en a qui essayaient de s'approcher des barbelés et qui criaient, en russe ou en français, en polonais, dans toutes les langues qu'on connaissait au camp : « Dépêchez-vous, venez nous sauver. On va crever. Dépêchez-vous. » Elles essayaient de déterminer l'avancée des combats à l'oreille.

Pas moi. J'avais reçu tellement de coups que j'avais appris à ne plus rien espérer. Qu'ils viennent. En attendant, les journées continuaient dans la tempête, le froid et la neige. Qu'ils viennent, moi je ne ressentais plus ni espoir ni angoisse. J'étais vide.

Les soldats nous ont rassemblés sur la place de l'appel pour nous annoncer qu'on évacuait le camp. Ceux qui pouvaient marcher devaient le faire savoir. Deux ans à prétendre qu'on tient encore debout alors qu'on se sent mourir laissent des réflexes qui ne s'effacent pas en un jour. J'ai dit que je pouvais marcher. Ceux qui étaient trop faibles, ils mouraient.

Si j'étais restée au camp, neuf jours après, c'était fini. Au lieu de ça, j'ai encore souffert quatre mois. Mais bien sûr, personne ne pouvait le savoir.

Hössler nous a distribué tout ce qui restait de pain, deux par personne, et nous a dit de les emporter parce qu'il ne fallait rien laisser aux Russes. En passant pour l'inspection, il m'a remarquée. « Fais voir tes jambes. » J'ai montré les marques mal cicatrisées de mon typhus. Il a hoché la tête. Il m'avait reconnue.

Dans l'état de délabrement qui était le nôtre, deux pains, c'était trop lourd, et puis on risquait de se les faire voler. On a presque tous englouti notre ration, ce premier matin, sans savoir que c'était la dernière fois qu'on nous donnait quelque chose à manger.

Nous sommes partis dans la tempête, en une longue file d'hommes et de femmes titubant. Nous servions à protéger les Allemands des bombardements tandis qu'ils faisaient retraite. Des centaines de prisonniers ont été abandonnés dans les baraques derrière nous. On les croyait livrés à la mort mais, étrangement, les soldats ne les ont pas achevés, ils les ont abandonnés dans le camp désert.

Les Allemands étaient en train de perdre la guerre et, avec cette certitude, quelque chose du temps d'avant a commencé à leur revenir. Pas l'humanité, mais le doute. Sur leurs visages, nous lisions un sentiment familier : la peur. Ils crevaient de trouille. Ils n'avaient plus confiance dans leurs chefs. Cela ne les rendait pas moins dangereux mais cette peur dans leurs yeux, dans leur odeur, dans leur voix, elle nous a fait du bien. Ils criaient leurs ordres gutturaux, ils nous battaient et les aboiements de leurs chiens continuaient de rythmer nos heures. Mais ils tremblaient. Ils abattaient ceux qui traînaient trop, ceux qui s'asseyaient par terre un instant pour se reposer, ceux qui voulaient souffler, mais dans leurs yeux écarquillés, dans cette fuite démente à travers la Pologne enneigée, à mener une longue file de morts-vivants, on sentait la défaite.

C'est là, je crois, que j'ai commencé à reprendre courage.

Quelques jours ou quelques semaines de plus auraient sans doute eu raison de moi, mais maintenant je voulais vivre. Alors j'ai marché. Dans la neige.

Ceux qui n'ont pas connu les marches de la mort ne savent rien.

Les gens tombaient comme des mouches, surtout les hommes. Les femmes, c'est plus résistant.

Je marchais avec Doba, une jeune fille de 15 ou 16 ans que j'avais connue à son arrivée au camp, en 1944. Elle avait dépéri à toute vitesse. Elle était si maigre que je l'avais prise sous ma protection. Elle me rappelait celle que j'étais, à mon arrivée, elle était sans défense. Je veillais sur elle de mon mieux.

Le froid, l'expérience intime du froid, c'est quelque chose qui ne peut pas se partager.

On avait notre robe, qui se détrempait et qui ne nous protégeait pas. Certaines portaient un manteau mince, d'autres avaient pris une couverture qui devenait plus lourde à mesure qu'elle s'imbibait. On ne voyait rien, le vent nous soufflait des flocons durs comme des milliers d'aiguilles dans le visage et dans les yeux, on titubait, on se cognait les unes contre les autres. Nous avons marché un jour entier. Combien de kilomètres a-t-on parcourus ? Je ne sais pas exactement où a eu lieu la première étape, sur la plaine polonaise où le vent souffle sans rencontrer jamais aucun obstacle.

La colonne s'est arrêtée près d'une ferme dont on distinguait le bâtiment. Partout autour de nous, la nuit et la tempête. J'ai pensé que c'était la fin. Instinctivement, nous nous sommes mises à genoux, nous enlaçant les unes les autres pour ne pas tomber allongées dans la neige, afin d'avoir le moins de surface en contact avec l'épaisse poudreuse qui couvrait le monde. Doba et moi embrassées dans le chœur des femmes. On se tournait et on se déplaçait petit à petit pour se protéger successivement de tous les côtés. Chaque fois que je me suis réveillée, je me suis demandé comment j'avais pu survivre. Chaque fois que je me suis endormie, j'ai cru que c'était la dernière fois.

Le lendemain, nous sommes reparties. Il paraît que les hommes pissaient debout, en marchant. Nous, on devait s'arrêter. De temps en temps il y avait le bruit sec d'une détonation, ils avaient achevé l'un d'entre nous. Nous avons marché 80 kilomètres jusqu'à Breslau. Il y a eu trois nuits, je crois et chaque fois, beaucoup d'entre nous ne se sont pas relevés. La colonne laissait derrière elle des corps couchés dans la neige. La terre était couverte de cadavres. Je vérifiais sans cesse que Doba était près de moi. Elle avait les jambes très gonflées et avançait avec difficulté.

Il y a des moments où on dormait en marchant. On continuait d'avancer les paupières baissées comme si on était déjà un peu parti puis, dans un sursaut, on les rouvrait, on regardait autour de nous et rien n'avait changé, le vent soufflait toujours, tout était blanc, sauf les silhouettes indistinctes qui progressaient, comme nous, à pas lents, lourds. C'était un éblouissement, une petite mort, une fraction d'absence au monde.

J'ai rouvert les yeux. Doba n'était plus là. On m'a dit qu'elle s'était arrêtée pour se reposer. J'ai compris que je ne la reverrais jamais. Est-ce qu'elle s'est laissée mourir pour ne pas me peser ? Est-ce qu'ils l'ont achevée ? J'ignorais son nom de famille, je n'avais personne à prévenir et je n'ai jamais retrouvé son prénom sur les listes des victimes. Je savais juste qu'elle avait des sœurs, puisque je lui avais promis qu'elle les reverrait. La vie de Doba s'est effacée silencieusement, dans la grande nuit polonaise.

Quelque part dans ce pays maudit et dévasté, l'homme qui allait devenir mon mari marchait lui aussi. Il pesait 27 kilos et n'avait plus de chaussures. Il allait y perdre tous ses orteils.

Après trois jours de marche, ils nous ont fait monter dans un train, un wagon métallique à découvert, sans porte. Il faisait – 20 degrés. On s'est entraidées pour se hisser, c'était haut, j'avais posé une main sur le marchepied et de l'autre, j'aidais les copines à monter. Mais quand j'ai voulu grimper à mon tour, ma main était soudée au métal par le gel et je ne pouvais plus bouger. Un soldat allemand, pressé, me l'a détachée d'un coup de crosse. J'ai fixé le métal nu : un bout de chair y était resté collé. J'ai regardé ma main : il en manquait un morceau, dans le creux de la paume. À cause du froid, ça ne saignait pas. Je ne sais même pas si j'ai eu mal. Nous étions au-delà de la douleur.

Le train s'est mis en marche. On gelait à l'intérieur. Celles qui étaient collées contre les bords mouraient, le visage attaché au métal.

Sur un corps, j'ai trouvé des bottes, je les ai prises.

Bien des années après, j'ai emmené mes enfants faire du ski. Quand j'ai posé un pied sur la neige de la station, je n'ai pas pu m'en empêcher, je me suis mise à pleurer. Je ne vois pas de beauté dans la neige.

Nous sommes arrivées à Ravensbrück. Je n'avais jamais vu autant de femmes comme nous, avec le même regard. On y a passé la nuit. Une ancienne apothicaire, qu'on connaissait depuis le camp, une shiksa, une non-juive qui savait des remèdes, nous a dit : « Ne retirez pas vos souliers, vos pieds vont gonfler et vous ne pourrez pas les remettre. » Personne ne l'a crue. Au matin, aucune d'entre nous n'a pu remettre ses chaussures.

Nous avons dû sortir pieds nus sur le sol gelé.

Le train a redémarré. C'était la déroute. Une armée de soldats effrayés conduisait un troupeau exsangue à travers la Pologne et l'Allemagne. Personne ne posait de questions. Tout était tourné vers ce geste, impossible et pourtant réalisé à nouveau, faire un pas, puis un autre, et un autre encore. Tenir une heure, et une autre, et encore.

Nous sommes arrivées dans un autre camp, je crois que c'était Dora, où une usine fonctionnait toujours. Ils ont mis au travail celles qui le pouvaient encore. Je me suis portée volontaire, mais je me suis blessée à la main avec des ciseaux et un doigt s'est infecté. En quelques heures, il est devenu énorme, je sentais la pulsation chaude qui remontait le long de mon bras et je voyais le pourpre se propager sur ma peau blafarde. C'était un début de gangrène. La shiksa m'a dit : « Pisse dessus, sinon il faudra le couper. » Cette fois, je l'ai écoutée et j'ai pissé sur ma main. L'infection s'est calmée.

L'usine ne nous a pas gardées non plus, c'était la débâcle. On a repris le train, une dernière fois, et on a subi des bombardements à la gare de Magdebourg, une ville sur l'Elbe dont il ne restait déjà que des ruines. On nous a fait descendre. Les soldats étaient en civil sous leur tenue militaire, prêts à tomber la vareuse et à disparaître. Mais ils étaient mauvais, encore, comme des animaux acculés.

Nous avons appris, par la rumeur, la libération de Buchenwald. C'était arrivé un ou deux jours plus tôt. Je me suis dit, c'est fini. Demain, on est libres. Je m'en souviens, c'était un vendredi 13 avril – je suis superstitieuse.

Au matin, ils nous ont fait mettre en rang et la deuxième marche de la mort a commencé. Nous avons traversé l'Allemagne à pied par un printemps glacial et pluvieux. La route nous a sciées, elle nous a brisées, mais elle nous a soudées. Je marchais avec trois femmes, Sabine, sa sœur Anna, et une forte tête, Frida, qui était belge. Sabine avait été déportée seule, son mari et ses enfants, qui étaient grands, avaient réussi à se cacher. « Comment t'as fait pour survivre ? » lui ai-je demandé en apprenant qu'elle avait été arrêtée le 16 juillet 1942, en même temps que ma mère. Trois ans de camp. « Dieu n'a pas voulu de moi », m'a-t-elle répondu. Je crois qu'elle vivait pour les retrouver. Elle ne pensait qu'à eux. Rien ne pouvait l'atteindre vraiment, toutes ses pensées étaient tournées vers les lendemains, les jours heureux où ils seraient réunis. Elle me disait : « Je te présenterai mon fils, vous tomberez amoureux et il t'épousera. Tu verras comme il est beau, mon fils. »

Anna, sa sœur, avait été arrêtée avec tous les siens. Elle était sans nouvelles de son mari – on a appris plus tard qu'il était mort à Auschwitz –, et ses trois enfants, déportés avec elle, avaient été gazés dès leur arrivée. « J'ai assez pleuré », disait Anna. Elle les pleurait pourtant tout le jour, son mari et ses enfants, mais elle les pleurait sans larmes. Je ne sais pas ce qui lui donnait la force de vivre. Ce qui nous donnait la force, à tous. Les hommes ne veulent pas mourir. Quoi qu'on leur fasse subir, ils veulent y croire encore. C'est drôle.

Alors on marchait.

Les soldats avaient été remplacés par des Volksturm, des civils engagés pour soutenir la Wehrmacht. Il y en a un qui nous a dit : « J'ai jamais fait de mal à personne, moi. » Je crois qu'on a ri.

Ils nous ont fait traverser l'Elbe pour éviter les Américains d'un côté, les Russes de l'autre. Notre colonne en haillons allait au hasard quand un avion américain a fait une descente en piqué. Il y a eu des sirènes, des « *Flieg Alarm* », certains se sont mis à courir, d'autres se sont jetés au sol. Et Sabine, soudain, a pris un chemin de côté sans plus se soucier de rien, sans se baisser, sans paraître craindre qu'on la tire comme un lapin. Elle ne se cachait pas, elle avançait tout droit. On a hurlé pour la faire revenir mais elle n'a pas semblé nous entendre alors, après une hésitation, nous l'avons suivie, Anna, Frida et moi. Il y a eu des coups de feu derrière nous. Est-ce qu'ils nous tiraient dessus ? Est-ce qu'ils nous ont ratées ? Ou alors, ils achevaient quelqu'un.

Quand on l'a rattrapée, elle nous a montré un panneau portant les mots : fabrication de fromage. « J'avais trop faim. »

L'usine était déserte, mais il y restait des petits fromages secs sur une étagère, qu'on a mangés. Puis on s'est assises pour attendre la fin de l'alerte. Quand on a regardé dehors, la colonne avait disparu.

Nous étions libres, quelque part au cœur de l'Allemagne.

Nous avons repris notre marche vers l'ouest. Les soldats russes et américains avançaient chacun de leur côté, poussant sur les routes, en plus des dizaines de milliers de réfugiés, de rescapés, d'anciens STO et de prisonniers de guerre qui tentaient de revenir chez eux, des déserteurs allemands et des familles chassées par les bombardements, ou qui fuyaient devant l'avancée de l'ennemi. Le pays était plein de malheur et de peur, de confusion et de fureur, et personne ne savait rien. Au détour d'un chemin, on pouvait aussi bien tomber sur les Alliés que sur les Russes ou des nazis qui se battaient encore.

Un paysan a proposé de nous indiquer la direction de l'armée américaine. Anna m'a dit : « T'en connais des Allemands en qui t'as confiance ? » On est passées en l'ignorant. Plus loin, dans une ferme abandonnée, nous avons trouvé une vache attachée qui meuglait. Elle avait les pis gonflés. « On va la traire, a décidé Sabine. Qui sait faire ? » Aucune d'entre nous n'avait jamais approché une vache, nous étions des filles de la ville. L'animal souffrait, elle nous donnait des coups de tête, elle essayait de ruer. On a finalement réussi à tirer sur ses pis mais il n'en est rien sorti, on n'avait pas le coup de main. On l'a libérée.

La nuit, quand on ne trouvait nulle part où s'abriter, on dormait collées les unes contre les autres, à même le sol. Il gelait encore, au matin les flaques étaient givrées. On était couvertes de gerçures. À 30 ans, j'aurais de l'arthrose de la tête aux pieds.

Après quelques jours d'errance, nous avons rencontré des prisonniers de guerre italiens qui nous ont indiqué un centre d'accueil pour les civils allemands dont la maison avait été bombardée. Nous portions toujours nos robes rayées du camp. Nous sommes entrées en hésitant dans ce centre où cohabitaient, dans une ambiance de fin du monde, des gens qui avaient tout perdu mais qui n'avaient rien en commun. Tout le monde se méfiait de tout le monde. On a trouvé des vêtements. Étrangement, j'ai eu du mal à renoncer à ma robe rayée. Sa toile était épaisse, j'avais l'impression qu'elle me protégeait, cela faisait deux ans que je vivais avec elle. Mais elle nous désignait comme prisonnières des camps, alors on s'est rhabillées avec les nippes qu'on avait dégotées. J'ai enfilé des vêtements d'homme et une paire de chaussures à lacets pointues.

Au matin, la police allemande a encerclé le centre : quelqu'un avait signalé que des juifs s'y cachaient. Jusqu'au bout, ils nous ont traqués.

Nous avons déchiré nos robes en tout petits morceaux avant que les policiers entrent. Ils nous ont demandé si on était juives. J'ai dit non, j'ai prétendu m'appeler du nom d'une camarade d'école. Ils m'ont crue mais ils ont fait mettre Anna de profil et ont déclaré qu'elle avait le profil juif. Sabine et moi, et les autres réfugiés, nous l'avons entourée en disant que non, qu'elle était française, catholique. J'aurais chanté l'Ave Maria. On a fait corps autour d'elle. Quelques mois avant, c'était la mort assurée mais là, ils ont hésité, puis ils nous ont laissées partir. Le monstre n'avait plus de tête.

Nous avons poursuivi vers la France. On ramassait des betteraves dans les champs et on les croquait, crues, pour ne pas mourir de faim.

Quand on a vu arriver, au loin, un véhicule avec des soldats, on s'est jetées dans un fossé, terrifiées à l'idée d'être reprises. Soudain, Anna s'est relevée. « Qu'est-ce que tu fais, tu es folle, cache-toi.

— C'est pas des Allemands. C'est pas le vert-de-gris. »

On s'est relevées à notre tour et on a regardé la voiture approcher. Elle avait raison. La jeep était chargée de soldats en uniforme beige, avec un calot sur la tête. Ils ont ralenti en nous voyant, puis ils se sont arrêtés. C'étaient des Américains.

« Qui êtes-vous ? ont-ils interrogé. *Frantsuzskiy ? Russkiy ? Niemetskiy ?* » (Ça veut dire Allemands, en russe.)

« *French* », a-t-on répondu. Je me souvenais de mes cours d'anglais au marché noir pendant l'Occupation. « *We're French* », ai-je répété.

Le visage du jeune soldat est resté hostile. « Vous êtes des travailleuses volontaires ? Les Françaises, en Allemagne, elles ont collaboré. »

Sabine a vu rouge. Elle a soulevé sa manche d'un geste brusque et elle leur a montré son numéro. « Et ça ? Tu connais, ça ? »

Toutes les trois derrière elle, on a remonté nos manches et tendu notre bras sans un mot.

Le visage du jeune soldat s'est transformé. Il est descendu de la jeep et nous a demandé, en yiddish : « Pourquoi vous avez pas dit que vous étiez juives ?

— On peut pas dire que ça nous ait beaucoup servi jusque-là », j'ai répondu, et Sabine a ri dans mon dos. C'étaient les rires qu'on avait encore, les rires brusques et désespérés qui vous secouent et vous font mal, mais qui vous rappellent que vous êtes en vie. J'avais répondu en yiddish, alors on a continué dans cette langue que Sabine et sa sœur parlaient aussi, puisqu'elles étaient, comme mes parents, de familles juives de Pologne. Les soldats se sont présentés. J'ai oublié leurs prénoms, il y avait un Orlinski je crois, et puis celui-là, Ralph Schonberg, un juif de Brooklyn qui s'était porté volontaire pour venir en aide aux juifs d'Europe. Il était venu libérer les camps.

Ils nous ont emmenées à leur camp de base. Avec un pistolet, on nous a désinfectées à grands coups de poudre au DDT (un puissant insecticide) – ce qu'ils pouvaient craindre la contagion ! On a eu des fous rires. Puis on a eu droit à une douche, des vêtements. Et à manger.

Quand le médecin du camp m'a demandé mon âge, j'ai dit 19, bientôt 20. Il m'a souri gentiment, il m'a assurée que j'étais en sécurité, que je pouvais dire la vérité à présent, que personne ne me ferait de mal. Il croyait que j'avais 12 ans.

Nous avons rencontré deux Polonais rescapés comme nous, avec qui on a sympathisé. Ils avaient capturé une oie sauvage et étaient occupés à la faire rôtir. Le médecin m'a mise en garde : « Ne mange pas ça, ton estomac ne le supporterait pas. » Il disait qu'on ne devait prendre que des produits laitiers et de la soupe. Mais l'odeur de la chair grillée était trop tentante, je ne l'ai pas écouté. J'ai été malade toute la nuit, je me suis vidée par tous les pores.

Le lendemain, Ralph nous a appris qu'ils ne pouvaient pas nous emmener avec eux. Leur régiment allait continuer d'avancer vers l'intérieur de l'Allemagne et nous, il fallait qu'on gagne la France. Frida la Belge est partie de son côté avec un prisonnier de guerre qui venait du même coin. Les Américains nous ont fait un plan pour rejoindre une zone contrôlée par l'armée, où les réfugiés étaient accueillis.

Lorsqu'ils ont levé le camp, nous nous sommes remises en marche, avec les deux Polonais cette fois. Le pont que les Américains nous avaient indiqué avait sauté, aussi a-t-on dû prendre une autre direction et c'est ainsi que nous sommes tombés sur une ville qui n'avait pas capitulé et qui croyait encore à la victoire de Hitler. Nous avons été repris. Je n'ai pas pleuré, on ne pleurait plus depuis longtemps, mais la lassitude s'est abattue sur nous. Cela ne finirait donc jamais. Nous étions condamnés à retomber entre les mains des nazis et je n'ai jamais su ce que j'avais fait pour mériter une telle malchance.

J'ai à nouveau menti sur mon nom, j'ai prétendu être une travailleuse française enrôlée volontaire. On nous a enfermés dans un camp, mais ils ne nous ont pas tués. Ils étaient à bout. Leur rage d'exterminer avait faibli. Je ne sais plus où l'on se trouvait, ce camp était tellement plein et il n'y avait rien à manger, c'était un mouroir. Les policiers n'étaient pas assez pour nous surveiller tous, les soldats désertaient en masse, chaque jour ils étaient un peu moins nombreux. Alors, à la première occasion, avec nos deux amis, on s'est enfuis. On a marché jusqu'à Naundorf, une petite ville entourée d'étangs où les armées russes et américaines avaient fait la jonction. Nous y avons passé trois semaines à attendre que quelqu'un s'occupe de nous.

On mourait de faim. Les Russes obligeaient les paysans allemands à nous nourrir mais nous, on ne voulait rien leur devoir. Le 8 mai, nous avons vu arriver les cavaliers qui avaient pris Berlin. On les a regardés soigner leurs montures. « Regarde ce qu'ils donnent aux chevaux », a dit Sabine, qui salivait. Elle est allée les voir, elle a parlementé et obtenu ce qu'elle voulait : le bouillon des chevaux qui étaient mieux traités que nous.

Chaque soir, les officiers distribuaient aux hommes de leur régiment de l'alcool à profusion, puis leur disaient : « Allez vous amuser. » Je parle des Russes comme des Américains. Voilà comment on fait les viols de guerre, c'est aussi simple que ça. Toute la nuit, on entendait les hurlements des femmes allemandes, leurs supplications.

Je ne peux pas dire que j'ai eu pitié. Il ne m'en restait pas assez. Je les entendais pleurer et gémir et je ne ressentais rien. C'étaient des nuits de cauchemar comme on en avait connu tant. Les femmes allemandes criaient et pleuraient comme j'avais entendu tant de femmes pleurer et crier, elles suppliaient comme tant de femmes avant elles avaient supplié pour leur vie, pour la vie de leurs enfants, pour celle de leur mari. Je n'ai pas versé une larme.

Mais aujourd'hui encore, je les entends.

Quarante-huit heures après la défaite de l'Allemagne nazie, ils ont commencé à nous rapatrier. Un officier américain chargé de la répartition des rescapés m'a demandé si je voulais aller à Paris ou en Amérique. Je n'ai pas hésité. Beaucoup de survivants ne voulaient pas refaire leur vie dans le pays qui les avait trahis. Moi je voulais rentrer à la maison. C'était mon idée fixe. C'est pour ça que j'avais tenu. J'étais une enfant qui veut rentrer chez elle.

Personne ne m'y attendait, je le savais, je n'avais pas d'illusions. Mais la maison de mon enfance, c'est ce qui me restait de plus cher. C'est là qu'étaient tous mes souvenirs et je savais que j'y retrouverais plus sûrement qu'ailleurs le fantôme de mes parents assassinés. Ils avaient choisi la France, je ferais comme eux. J'ai répondu Paris.

Nos amis polonais ont été dirigés ailleurs, je ne les ai jamais revus. Les gens allaient et venaient, se faisaient rapatrier, c'était un désordre sans nom. On risquait à chaque instant de perdre ceux avec qui on venait de traverser les plus grandes épreuves, de ne jamais revoir ceux qui nous avaient sauvé la vie. C'est ça, la guerre, la perte de tout ce à quoi on tient.

Sabine, Anna et moi, toujours ensemble, nous avons traversé la Saxe en huit jours, ballottées par les cahots de la route, dormant les unes contre les autres. Il paraît que c'est beau, la Saxe, je ne sais pas. Ce qu'on en voyait c'étaient des ruines, des populations errantes et terrifiées. À chaque arrêt, on nous servait du café brûlant et de la soupe, dans des villes tellement bombardées qu'il n'en restait que des pierres dentelées se dressant sur ce ciel de printemps maussade. À la frontière, nous avons pris un train pour traverser la Hollande et la Belgique.

Hirson, première ville française, le début du retour. Comme elle était froide, cette ville de briques rouges avec ses rues boueuses, ses passants craintifs, ses soldats qui patrouillaient et nous les réfugiés, hésitants, épuisés, abrutis. Comme elle était triste.

Je n'ai pas le souvenir qu'on ait été accueillis avec beaucoup d'émotion. Les Français étaient méfiants. Ce qui s'était passé dans les camps n'était pas encore bien connu, alors quand ils nous voyaient, dans ces vêtements trouvés en chemin, moi avec mon pantalon et mes chaussures pointues, ils nous prenaient pour des collaboratrices, ou alors ils nous accusaient d'avoir couché avec des Allemands. « T'as fait la pute avec les Allemands ? » nous demandaient les prisonniers de guerre qui venaient d'être libérés. Ils n'étaient pas tendres, alors que leur vie n'avait pas été aussi dure que la nôtre.

L'agence de rapatriement m'a donné un petit pécule, 100 francs, ou 50 peut-être, je ne sais plus, mais n'a rien accordé à Sabine et Anna qui n'avaient jamais été naturalisées, bien qu'elles soient en France depuis longtemps. Je me suis fâchée. Ce qu'elles avaient souffert n'était donc pas assez pour en faire des Françaises ? Que fallait-il de plus ?

Devant ma colère, les gens qui s'occupaient de ça ont fini par céder et leur ont donné la même chose qu'à moi, puis ils nous ont invitées à manger à leur table, mais on a dit merde et on est allées s'asseoir plus loin, entre nous.

Le retour à Paris, c'est le Lutetia, des squelettes couchés sur des civières, des paravents dressés dans le hall, des gens qui errent avec une photo ou juste un nom et qui nous interrogent, leurs yeux inquiets posés sur nous, leurs yeux pleins d'espoir et de crainte. Nous, on est comme hébétés.

On est de retour à la maison, mais ce n'est plus la maison.

Quand on est rentrés des camps, personne ne voulait savoir ce à quoi nous avions survécu. En France, il y a des gens qui n'avaient pas la conscience tranquille. On était le reproche vivant de leurs mauvaises actions ou de leur lâcheté. D'autres avaient beaucoup perdu et n'avaient plus qu'une seule envie : vivre et s'amuser. Tout le monde essayait de tourner le dos à la guerre. Même parmi les juifs, même au sein de nos familles, ils ne voulaient pas écouter. Ceux qui avaient échappé aux rafles n'avaient pas la force d'affronter ce qu'on nous avait fait subir. Ils posaient pourtant des questions : est-ce que vous avez connu Élias, Émile, Salomon, Jacques, Maria, Rynela, Clarisse, Joseph ? Est-ce que vous avez croisé ma mère, mon frère, ma fille ? On répondait : il est mort. De faim. De froid. Assassiné. Du typhus. On gardait les détails pour nous. À quoi bon ? Qu'est-ce qui pouvait sortir de tout ça ?

Nous les rescapés, on est restés muets, certains d'entre nous pour toute leur vie.

Parler c'est dur. Les mots font revivre les coups. Ils ravivent la honte et le chagrin. Mais ils ne ramènent pas les morts.

Une copine a tenté de faire effacer son tatouage. Le numéro était si profondément gravé dans sa chair qu'elle a dû subir une greffe de la peau. Mais elle n'en voulait pas, de ce numéro. Elle ne voulait plus y penser.

Bien sûr, aucune greffe au monde n'aurait pu suffire. Les souvenirs ne s'arrachent pas. Parfois, ils s'estompent. Certains jours leurs contours s'adoucissent, ils se font moins nets, moins douloureux. Plus flous, comme le tatouage sur ma peau ridée. Mais ils ne disparaissent pas. Pas la peine d'essayer.

Moi, pourtant, je voulais parler. J'avais la colère aux lèvres.

Je suis rentrée les poings serrés, prête à en découdre. Je suis rentrée dure autant que j'étais maigre. Un morceau de fureur forgé par dix-huit mois de camp, par les marches de la mort, par ces quatre mois de traversée de l'Allemagne à pied, par la brutalité des SS prêts à tomber l'uniforme, par la méchanceté de ces paysans qui continuaient de vouloir nous dénoncer, nous les *verfluchte Juden*, les maudits juifs, comme ils disaient. Je suis rentrée tatouée et brisée, le visage et les jambes tachés de cicatrices, mais la rage au ventre. Je suis rentrée pour parler et pour me battre, pour reprendre ce qui était à moi. Je suis rentrée comme un reproche. Je suis rentrée le cœur brisé.

Mon amie Anna, qui avait perdu son mari et ses trois enfants, a rencontré un homme avec qui elle a trouvé le bonheur. Mais quand on se croisait dans le métro, elle se mettait à crier à la cantonade qu'on avait été déportées ensemble. « Quoi, ça vous gêne ? Vous faites la grimace ? Vous étiez pas gênés quand on nous a pris pourtant », balançait-elle aux passagers qui regardaient par terre ou la dévisageaient, courroucés. « Oh vous pouvez regarder, qu'elle disait. Vous étiez où en 1942 ? Qu'avez-vous fait ? » Ça non plus ça ne servait à rien, je l'avais compris depuis longtemps. Mais Anna, la souffrance l'avait rendue comme ça.

J'ai ravalé ma colère pendant cinquante ans.

Puis, quand mes enfants Myriam et Patrick ont été adultes, je suis retournée à Auschwitz avec mon mari et d'autres survivants. On a emporté assez de provisions pour tenir une semaine – s'ils croyaient que j'allais dépenser un centime chez eux. Après les cérémonies, mon amie Fanny Wegiweski et moi, on est allées au bout des rails, devant les wagons qui menaient au four, on a grimpé sur une pierre et on a dit : « On les a eus. » Tout le monde pleurait.

J'ai retrouvé ma feuille d'entrée, avec mon nom et celui de mon père et de tous ceux du convoi 55, affichée à Birkenau dans le pavillon français. Je me suis souvenue que mon père m'avait dit : « Je ne survivrai pas à ta mère. Mais toi, tu es jeune. Vis, rentre à la maison, et raconte ce qu'on nous a fait. » Alors j'ai commencé à parler. Et je n'ai jamais cessé.

J'ai parlé à ma famille, à mes amis, à des associations, dans des écoles religieuses ou laïques, et même dans les squares, aux nounous des amis de mes petits-enfants. J'ai tout raconté, autant de fois qu'on me l'a demandé. Dans les classes, souvent, des enfants au regard sérieux ont voulu savoir si je croyais encore en Dieu. « Oh non, ai-je chaque fois répondu, je ne crois pas en Dieu. Ou alors, il était en vacances. »

Je sors du Lutetia. Je monte dans un taxi. Je donne une adresse dont je me souviens, celle de la belle-mère d'une cousine, qui est restée gravée je ne sais pourquoi dans ma mémoire, peut-être parce qu'on y avait fêté son mariage et qu'elle est associée pour moi à un souvenir heureux. Le chauffeur me fixe dans le rétroviseur tandis que moi je regarde les rues qui défilent, les immeubles, les gens qui vont et qui viennent, la vie qui bourgeonne. On arrive dans le Marais, je tends le billet tout neuf qu'on m'a donné au Lutetia. Le chauffeur, doucement, le refuse. « La course est pour moi, ma belle. »

J'ai conservé ce billet pendant soixante-quinze ans, je l'ai encore, dans la pochette où je garde les choses les plus précieuses, avec mon certificat de déportée, la photo de ma mère en chapeau et l'autre, celle où je pose fièrement entre mes parents, à 13 ans, tous les trois dans nos habits du dimanche. Je l'ai gardé parce que c'est la première parole bienveillante que j'entendais.

Sabine a retrouvé les siens. Son mari et ses enfants avaient survécu toute la guerre en zone libre. Elle a même eu un autre enfant après ça, une petite fille. Elle voulait que je vienne vivre chez elle, mais c'était une famille heureuse, alors que moi j'avais tout perdu. Je ne voulais pas leur imposer ma tristesse. Je ne voulais pas non plus me forcer à faire semblant d'être heureuse.

La belle-mère de ma cousine, dont j'avais retenu l'adresse, m'a à peine reconnue. Elle n'a même pas pensé à me proposer à manger mais elle m'a appris que mon oncle et ma tante étaient installés rue de Turenne et m'a proposé de les appeler. J'ai refusé de téléphoner de chez elle, j'ai préféré descendre appeler du café. Je n'avais plus foi en personne, je ne voulais rien devoir. À personne.

Mon oncle avait le même âge que mon père, ils avaient fréquenté la même école à Varsovie et avaient été membres du même bund, un cercle de travailleurs socialistes. Ils n'ont pas voulu m'écouter. Quand j'essayais de parler, ma tante et lui claquaient la langue. Ils ne voulaient pas savoir. Mon oncle était très politique alors je lui ai dit : « Tu sais ce qu'ils font, les soldats de l'Armée rouge que t'aimes tant, dans les villes qu'ils prennent ? Ils se saoulent et ensuite ils vont dans les rues, ils attrapent les femmes et ils les violent, les uns après les autres. »

Tout le monde s'est tu. Puis il s'est essuyé la bouche et il m'a traitée de menteuse.

Pour les survivants, l'horreur n'était pas concevable.

Je me suis mise à rire.

Je n'ai pas pu rester chez eux.

Personne ne pouvait comprendre.

Grâce à une copine qui était rentrée avec moi, j'ai trouvé une chambre rue des Rosiers, chez une dame qui s'appelait Solange Zauerman. Tout le monde était gentil avec moi, et ils étaient obsédés à l'idée de me marier, mais j'étais un peu pimbêche. C'étaient des gens d'un milieu différent du mien. Les garçons, bien que gentils et fraternels, étaient du genre voyou et je n'avais pas l'habitude. Ils parlaient argot et tutoyaient directement pendant que moi je leur donnais du vous, très digne. Ils me taquinaient. Mais au moins, ils écoutaient quand je leur racontais. Ils me croyaient.

Je pensais souvent à Mina, la jolie prostituée dont j'avais partagé la couche à mon arrivée à Auschwitz, et le souvenir de la promesse que je lui avais faite me hantais. Un jour, avec les amis de chez Solange, je me suis rendue sur ce bout de trottoir, du côté du métro Blanche, et j'ai commencé à faire les cent pas à la recherche d'un joli garçon en costume croisé, son souteneur. À force d'aller et venir en dévisageant les passants, je me suis fait remarquer par la police des mœurs, qui m'a embarquée. Comme papiers, je n'avais encore que ma carte de rapatriée, ce qui n'inspirait pas confiance. J'ai expliqué mon histoire au policier, j'ai décrit Mina et son proxénète, alors il m'a dit : « Je sais qui c'est. Qu'est-ce qui lui est arrivé, à votre amie ? »

J'ai raconté la mort de Mina. Le policier était ému mais il m'a prévenue : « Qu'est-ce que vous voulez qu'on fasse, je pourrai pas le coffrer pour ça. »

Il avait raison. Je n'ai pas pu venger Mina.

Bien vite, Solange m'a parlé d'un déporté qui n'avait plus personne, comme moi. Tous, ils se sont mis à me parler de lui. Marcel,

Marcel, Marcel. C'étaient ses amis d'enfance. Ils me faisaient sa publicité. On nous a présentés la veille de Roch Hachana. Je n'étais pas très flirt, mais j'aimais danser et c'est comme ça que tout a commencé.

Un jour, j'entends quelqu'un qui m'appelle dans la rue, je me retourne, un soldat me fait de grands signes : c'étaient Ralph Schonberg, mon Américain, celui qui parlait yiddish, et ses copains. On est tombés dans les bras l'un de l'autre. Son régiment est resté basé à Paris pendant quelques mois, puis Ralph a été démobilisé et un autre, Orlinski je crois, envoyé combattre dans la bataille du Pacifique. On a beaucoup pleuré à son départ mais, heureusement, le Japon a capitulé avant son arrivée. Avec les Américains, on s'est pas mal fréquentés. Je leur ai présenté des cousins, et eux m'ont emmenée faire la tournée du Paris des touristes : on est allés au palais de Chaillot qui avait été transformé en synagogue américaine pour Roch Hachana, et puis on s'est promenés au bois de Boulogne. J'avais mis une jolie robe, mes cheveux étaient bien bouclés au-dessus de mon front, j'avais repris un peu de poids et le soleil dardait droit entre les arbres. On a fait des photos. Quelques semaines plus tard, Ralph m'en a envoyé une où je pose, assise sur leurs genoux, tout sourire. On a correspondu des années, et puis on a arrêté, le temps, la vie.

Parfois, j'oublie son nom, mais il finit toujours par me revenir. Pour ce livre, j'ai fait quelques recherches et nous avons retrouvé son petit-fils. Jacob vit en Caroline du Nord, son grand-père est mort depuis longtemps mais il aurait bien aimé en savoir plus sur sa vie de soldat. Il paraît que Ralph n'a pas raconté grand-chose de la guerre. En fouillant dans ses affaires, après avoir reçu ma lettre, Jacob a découvert mon portrait. Sur l'image, on voit mes jambes striées des cicatrices noirâtres du typhus, mais je souris autant que je peux.

À Drancy déjà, j'avais appris que notre appartement était occupé par un collaborateur. Après mon retour, j'ai attendu quelques jours avant de trouver le courage d'y retourner. Je suis arrivée rue de Nemours, marchant bien droit sur le trottoir, la tête haute. Je me souvenais comme si c'était hier des regards qui nous avaient suivis, moqueurs et satisfaits, quand on nous avait emmenés, mes parents et moi. Qu'ils viennent maintenant, s'ils l'osaient. Qu'ils sortent, je saurais me défendre cette fois.

Il m'a semblé que rien n'avait changé. Il y avait toujours la petite épicerie, le bougnat du coin – on m'a dit qu'il avait participé au pillage de nos affaires, après notre arrestation, et que son frère policier avait conduit des rafles. Je suis passée sans m'arrêter, le cœur battant, j'apercevais la petite porte de l'immeuble quand j'ai entendu un cri. C'était, au premier étage de l'immeuble d'en face, une voisine qui aimait beaucoup ma mère et qui m'avait reconnue. Elle est descendue en courant, comme elle était, dans sa chemise de nuit, avec ses bigoudis. Elle m'a serrée dans ses bras en pleurant et m'a fait monter chez elle. Je lui ai raconté, je lui ai appris la mort de mes parents. Elle pleurait en m'écoutant.

Elle m'a accompagnée. J'ai frappé à la porte de la loge. Le concierge, Monsieur Meyan, était sourd comme un pot, ou disons plutôt qu'il n'entendait que ce qu'il voulait. Je lui ai demandé la clé, il a refusé en me disant que l'appartement était occupé et que, puisque j'étais mineure, je ne pourrais pas le récupérer.

Furieuse, la voisine m'a dit : « Viens, on va aller au commissariat et tu vas raconter ce qu'ils vous ont fait, à tes parents et à toi. » Ça m'a presque fait rire. « Ça ne sert à rien. » Elle a insisté. « Vous verrez que vous allez être déçue. Pas moi, parce que je sais à quoi m'attendre. » Mais on y est allées et quand elle a expliqué pourquoi on était là, le policier de l'accueil a dit : « Encore ces histoires de juifs ? »

Il habitait passage des Trois-Bornes, ce policier, je l'ai croisé pendant des années et, chaque fois, il me saluait. Je crois qu'il avait compris, finalement. Mais je ne lui ai jamais retourné son bonjour. J'étais devenue dure.

J'ai retrouvé ma meilleure amie d'avant la déportation, Odette, qui n'avait pas déménagé. Elle avait traversé la guerre inchangée, elle était toujours aussi jolie avec ses cheveux blonds et ses yeux d'un brun très chaud. Elle avait beaucoup fait pour la Résistance. Bien sûr, elle n'avait jamais reçu le sac que j'avais essayé de lui faire porter depuis Drancy. Mais après mon arrestation, elle était allée chez nous et elle avait récupéré pas mal de nos affaires. Elle m'a rendu mes vêtements, quelques photos, notre vaisselle. Odette voulait être actrice. Elle a fini par quitter la

France pour tenter sa chance à Hollywood, dans les années cinquante. Pendant longtemps, j'ai cherché son visage à l'écran et son nom au générique. Je ne sais pas ce qu'elle est devenue.

C'est grâce à son père, Monsieur Erb, le Croix de feu, qui a engagé un avocat pour m'aider, que j'ai pu récupérer l'appartement. La procédure a duré des mois. En octobre, on m'a rendu mes clés et je suis entrée chez moi.

Les lieux étaient déserts, ils avaient tout pillé. Je suis allée de pièce en pièce. La chambre de mes parents. L'atelier de mon père. Notre petite salle à manger. Vides. Mes souvenirs, disparus.

Je ne possédais rien, pas un meuble. J'avais 20 ans et j'étais seule au monde. Je suis descendue chez l'épicier. « Je peux vous emprunter deux choses que je vous paierai quand je pourrai ?

— Oui, mais quoi ? »

— Deux cageots. Un pour faire une table et l'autre pour m'asseoir. »

Il me les a donnés, ainsi qu'un peu de charbon pour me chauffer, et il n'a jamais voulu que je le paie.

Quelques jours plus tard, j'ai reçu les quittances de deux années de loyers en retard à payer, correspondant à ma déportation. Je les ai renvoyées par recommandé avec un petit mot : demandez ça aux collabos.

Je suis restée locataire ici toute ma vie.

La première fois que Madame Escoffier, la voisine qui nous avait dénoncés, m'a vue, elle m'a dévisagée comme si j'étais un fantôme puis elle a tourné les talons et elle est partie en courant. D'y repenser, j'en ris encore.

Pendant des années, on a vécu dans le même immeuble. On se croisait. Je l'ai surprise en train de dire au concierge que je mentais, qu'il ne fallait pas croire un mot de ce que je racontais. En me voyant, elle s'est tue, et j'ai lancé : « Laissez donc les gens se faire leur idée et décider qui croire. » Un jour, je l'ai croisée aux galeries Lafayette, où elle était vendeuse. Elle m'a regardée, la peur dans les yeux. Si j'avais eu la même mentalité qu'elle, je l'aurais dénoncée à ses patrons, qui étaient juifs, je leur aurais dit qu'ils employaient une collaboratrice, une antisémite, une femme qui avait dénoncé des innocents, la meurtrière de mon père et de ma mère. Naturellement, je ne l'ai pas fait.

C'était une mauvaise femme, qui faisait manger son caniche à table et sa fille par terre. Elle maltraitait tant la pauvre gosse qu'elle a fini par la tuer. Mais le jour où le concierge est venu me demander de l'argent pour la couronne, comme à tous les voisins, là je n'ai pas pu. J'ai lâché : « Est-ce que j'ai demandé quelque chose, moi, pour mes parents ? »

Je ne pouvais pas donner un sou pour cette femme. Je ne pouvais tout simplement pas.

Dans notre immeuble, avant l'Occupation, il y avait plusieurs familles juives, en plus de nous. Un tailleur pour hommes au cinquième, une famille dans la cour qui venait de Pologne, et une grand-mère dans l'appartement juste au-dessus. Tous sont morts en déportation, sauf Madame Chabelski qui a été cachée dans une maison pour vieux.

Les temps étaient durs, après-guerre. Je n'avais pas de métier. J'ai cherché en vain à récupérer les peaux que mon père avait cachées. Le père d'Odette voulait me trouver du travail, mais je ne voulais dépendre de personne. À cette époque, je confondais un peu les bons et les méchants, j'étais rancunière. Aujourd'hui, je me demande à quoi ça m'a servi. Mais c'est comme ça. J'étais jeune et bête, j'étais en colère.

Tout était payant, tout était rationné. Des gens qui nous devaient de l'argent m'ont payée en bons du Trésor, qui ne valaient rien. Il y avait des profiteurs partout, même parmi les juifs, même au sein des familles. J'ai dû verser une fortune à un notaire pour faire établir l'acte de décès de mes parents. Je me débattais seule.

Nous avons subi des contrôles pour savoir si on disait la vérité, ou pour vérifier qu'on n'avait pas rapporté de bactéries. Peut-être pour nous aider, aussi, je ne sais pas. Tous les rentrés ont été recensés. J'ai commencé à recevoir des convocations, que je déchirais et jetais aussitôt. Moi je ne m'y rends pas, aux convocations.

Jusqu'au jour où j'ai trouvé deux femmes à la porte qui m'ont dit qu'elles allaient m'emmener à une visite médicale obligatoire, à la Salpêtrière. J'ai dû les suivre.

On m'a fait attendre dans une petite pièce, un genre de vestiaire, où l'on m'a demandé de me déshabiller. De l'autre côté, il y avait un médecin et ses internes.

J'ai attendu un peu, assise tout habillée sur un tabouret, puis je suis sortie et j'ai dit : « Je refuse de me mettre nue. J'ai subi l'épouillage au camp de Birkenau. Je ne me déshabillerai plus. Si vous voulez m'examiner, je viendrai à votre cabinet, j'ai assez d'argent pour payer. Mais pas comme ça. »

Jusqu'à sa mort, c'est ce médecin qui m'a suivie, c'est grâce à lui que j'ai pu avoir mes enfants, malgré bien des difficultés dues aux séquelles du camp.

Marcel et moi, on a commencé à se fréquenter sérieusement. Je lui ai tout de suite raconté mon histoire. Pour moi, c'était facile, il suffisait d'appuyer sur un bouton, et encore ce n'était même pas la peine, tout sortait si on m'écoutait. Lui était mutique, il ne voulait rien dire, il avait honte.

Je savais qu'il fallait qu'il parle, s'il voulait vivre. Je voulais qu'il me la sorte, au moins une fois, l'histoire de sa déportation. Alors j'ai insisté, je l'ai cajolé, enjôlé, supplié et il a fini par me raconter, une fois, une fois seulement. J'ai pleuré tout du long.

Après, il n'en a plus dit un seul mot jusqu'à sa mort, à l'institut Curie, d'un cancer. Le dernier jour, il a rassemblé les médecins autour de son lit et il a tout raconté.

Cette histoire lui appartient jusque dans la mort, alors je n'en parlerai pas ici.

Le 27 juin 1946, on s'est mariés très simplement. Nous étions tous les deux sans métier.

On pouvait reprendre les études interrompues par la guerre et j'aurais peut-être pu passer enfin le concours de l'école Boulle. Mais deux ans de camp ne m'avaient pas rendue meilleure en mathématiques et puis j'allais être maman, alors Marcel a acheté deux machines à coudre et il m'a appris comment faire. On a commencé comme ça, lui faisant des costumes et moi, des tentes. Au moins, il suffisait de coudre droit.

Quand on s'est mariés, Marcel m'a dit : « On devrait être morts tous les deux. On l'est pas, alors soyons heureux. »

Et c'est ce qu'on a fait.

J'y pense : vous savez qu'il n'y a toujours pas d'oiseaux à Auschwitz. Soixante-quinze ans après, ils ne sont pas revenus.

REMERCIEMENTS

Merci à Frankie, ma petite-fille, et mon âme. Merci pour toute sa grande aide et son accompagnement. C'est grâce à elle.

Et merci à ma famille qui me soutient et me donne la force de témoigner.

Merci à Christophe Bataille pour l'idée de ce livre.

Et merci à Pauline Guéna pour son écoute, son aide, ses recherches incroyables et d'avoir retrouvé mes Américains.

Pensées à mon mari chéri qui me manque.

Pauline Guéna remercie Jordan Mintzer pour sa trouvaille miraculeuse, Laurent Joly pour sa relecture attentive, ses recherches et ses explications détaillées et Jean Mattern pour les précieux éclaircissements linguistiques.

Cet ouvrage a été imprimé
par CPI Bussière
pour le compte des éditions Grasset
à Saint-Amand-Montrond (Cher)
en mars 2022

Mise en pages PCA, 44400 Rezé

PAPIER À BASE DE
FIBRES CERTIFIÉES

Grasset s'engage pour
l'environnement en réduisant
l'empreinte carbone de ses livres.
Celle de cet exemplaire est de :
500 g éq. CO_2
Rendez-vous sur
www.grasset-durable.fr

N° d'édition : 22416 – N° d'impression : 2063719
Première édition, dépôt légal : novembre 2021
Nouveau tirage, dépôt légal : mars 2022
Imprimé en France